EL COMEDIANTE

DEREK ANSELL

Traducido por
ANABELLA IBARROLA

CAPÍTULO UNO

La última noche de Jim Wilson en su hotel tras su compromiso de una semana en el Hotel Carswell Bay no tuvo nada de particular, salvo que a la mañana siguiente lo encontraron muerto en la cama. Todo lo demás relacionado con su última noche y el concierto había transcurrido según lo previsto, como siempre en los últimos años. Había aceptado una semana en el pequeño teatro de provincias porque ese tipo de contrato era el único que había conseguido en los últimos cinco años. Y, al fin y al cabo, las pequeñas actuaciones mal pagadas eran mejor que ninguna. Había salido de su villa victoriana en las afueras de Windsor a las once de la mañana porque era regular en sus hábitos y mantenía los mismos horarios en casi todo lo que hacía. El trayecto por la M4 había sido relativamente tranquilo, con poco tráfico hasta Swindon, una breve agitación de vehículos durante unos tres kilómetros y luego tranquilidad de nuevo. Se dirigió primero a su hotel, como hacía siempre en compromisos similares en otras ciudades, se dirigió directamente al mostrador de recepción, se anunció y solicitó hablar brevemente con el gerente de turno.

El hombre que se le acercó en seguida era una figura algo desgarbada, bastante alto y con un rostro algo escarpado y escaso cabello castaño claro. Wilson calculó que tenía unos cuarenta y seis o siete años, una edad cercana a la suya.

—Señor Wilson, bienvenido al Hotel Carswell Bay —le dijo cordialmente.

—¿Es usted el encargado de servicio? —preguntó Wilson.

—Jefe de servicio, jefe de restaurante, contable y perrero en general.

—Bueno, eso le mantendrá bastante ocupado —respondió Wilson—. Estaré aquí una semana y tengo una petición.

—Lo que pueda hacer —ofreció Dobbs con amabilidad.

—Bueno, ya conocerá mi situación —respondió Wilson—. Cuando salgo del escenario por la noche, me gusta pasar desapercibido. Evitar que la gente se me acerque diciéndome lo mucho que les gustaron mis antiguos programas de televisión y si va a haber alguno más.

—Bueno, eres bastante conocido por ellos. Yo mismo estaba a punto de decir lo mucho que me gustaban. —Dobbs sonrió satisfecho.

—Afortunadamente, no lo hizo—.

—No.

Wilson explicó que esperaba volver cada noche y no ser molestado por nadie, ni por el personal del hotel ni por otros huéspedes. Le gustaría un rincón tranquilo del restaurante para comer y preferiría que nadie se le acercara. Le resultaba agotador que le recordaran constantemente sus glorias pasadas, sobre todo porque estaba haciendo todo lo posible por ampliar sus compromisos actuales y convertirlos en un éxito. La cooperación del Sr. Dobbs sería muy apreciada.

—Bueno, puedo prometerle que el personal no le molestara —comento Dobbs en voz baja—. En cuanto a los invitados que van y vienen, puede que sean harina de otro costal.

—Haz lo que puedas.

—De hecho, lo haré —afirmó Dobbs—. Dirijo un barco hermético aquí, así que puede contar con la cooperación de todos los miembros del personal.

—Bueno, eso es todo lo que puedo pedir —respondió Wilson con cara de duda.

Wilson pidió un almuerzo ligero y tardío y Dobbs sonrió a su manera poco convencional e indicó la puerta del restaurante. Acompañó a Wilson hasta la puerta y le preguntó si había trabajado alguna vez con su antiguo compañero Len Harris. Wilson le dijo bruscamente que no, que habían roto hacía cinco años y que prefería trabajar solo. O con ayudantes menos destacados.

—Pero eran muy buenos juntos. Tan divertidos esos viejos *sketches*.

—Eso es pasado, Sr. Dobbs —espetó Wilson, alzando la voz—. Y prefiero dejarlo ahí.

—Oh, lo siento, sin ánimo de ofender.

—Verá, este es justo el tipo de cosas que quiero evitar durante mi estancia. Si no puedes dejar de soltar alguna referencia inane a mi pasado, ¿qué posibilidades tengo con el resto del personal del hotel?

Dobbs intentó apaciguar a su huésped. Le aseguró que no pretendía inmiscuirse en su pasado y que se aseguraría de que no volviera a ocurrir. El Sr. Wilson podía confiar en él.

—Espero poder hacerlo —entonó Wilson con amargura.

Wilson eligió un tentempié rápido del menú de aperitivos ligeros y se sentó en el rincón que Dobbs le había ofrecido. Quería llegar a tiempo al teatro y preparar el ensayo general para la primera representación del día siguiente: martes. Volvió a preguntar por Dobbs y le indicó cómo llegar al teatro local, situado al otro lado de la ciudad. Al llegar, aparcó el Audi, se dirigió directamente a la puerta del escenario, pidió al guarda de seguridad que le anunciara al director artístico y pronto fue recibido por un joven de cabello rubio que se presentó como Freddie Thompson. El hombre iba vestido con vaqueros y una camiseta en la que se leía «Support Live Theatre».

Wilson se presentó y los dos hombres se estrecharon la mano. Todo estaba listo para él, le aseguró Thompson, incluido su camerino. Mientras caminaban en dirección a esa habitación, Wilson repitió la petición que había hecho al director del hotel de que le mantuviera en privado en todo momento y mantuviera alejadas de él a las visitas.

—¿Y los actores y otros profesionales del teatro? —preguntó Thompson en tono seco.

—Serían aceptables, sí.

—Pensé que lo serían.

Wilson lo fulminó con la mirada, pero no habló. Cuando llegaron al camerino, Thompson lo señaló con la mano y se hizo a un lado.

—Y quiero que la gente se mantenga alejada de este camerino —dijo Wilson con crudeza—. Especialmente la gente que pregunte si tengo otra serie de televisión en camino.

—Os dejo con ello —dijo y se marchó. Thompson sonrió brevemente, pensando en lo improbable de semejante serie, pero guardó silencio.

Wilson entró y vio a una joven vestida con unos vaqueros ajustados y un *top* amarillo vaporoso junto al espejo de maquillaje. Era rubia, tenía el cabello castaño claro y los ojos de un verde intenso.

—¡Holly! —exclamó Wilson.

—Hola, señor Wilson —respondió ella—. Llegué temprano, así que pensé en venir a ordenar su camerino.

—Muy amable, estoy seguro —respondió Wilson, entrando en la habitación.

—No hay problema.

—Ven y dame un beso, Holly —soltó Wilson de repente, abriendo los brazos y avanzando hacia ella.

—No, no te acerques —replico Holly, moviéndose rápidamente hacia el otro lado de la habitación—. Compórtate.

—Eso no lo dijiste la semana pasada —le recordó.

—Eso fue diferente —murmuró ella, frunciendo el ceño—. Mira, estoy aquí para trabajar, para aprender de ti, para hacer lo que me pidas en el escenario, pero nada más.

—Sabes que no puedo resistirme a ti —le dijo Wilson, sonriendo.

—Piensa en tu mujer, Jim —replicó ella con dureza.

—Me esfuerzo por no hacerlo —le dijo él, con gesto adusto.

Holly mantuvo las distancias, alejándose cada

vez que él parecía acercarse a ella. Hablaba de su nuevo número, de lo bueno que le parecía y del éxito que tendría. Había trabajado muy duro, aprendiéndose los diálogos, comprobando todos los detalles de la actuación, y estaba segura de que el ensayo general se desarrollaría sin problemas ni contratiempos.

Wilson no estaba tan seguro. Sufría de miedo escénico desde que empezó a trabajar en el mundo del espectáculo, hacía más de veinte años. Incluso ahora, aunque sólo era un ensayo general, se sentía mal y nervioso. Habría gente delante, posiblemente bastante gente. Se sentó pesadamente en el único sillón de la habitación y sonrió tristemente a Holly.

—Me vendría bien una taza de té —murmuró Jim en voz baja.

—Te prepararé una —dijo Holly—, y alégrate, parece como si hubieras visto un fantasma.

—Lo he visto —aceptó él—. El fantasma de mi yo más joven y atractivo.

Sin embargo, Holly ya estaba yendo a por la tetera y las tazas. Wilson se sumió en un ensueño, medio dormido, medio despierto y preocupado por salir al escenario. Sabía que nunca mejoraría. Pero ahora su depresión se veía agravada por el rechazo de Holly, su nueva ayudante y una joven en la que tenía puestas grandes esperanzas. Cuando ella trajo el té, ambos se sentaron y lo bebieron, al principio en silencio. Entonces Holly se animó y le sonrió.

—Quiero que sepa, Sr. Wilson —empezó diciendo con seriedad—, que tengo la intención de dejarme la piel, si es necesario, para que este acto sea un éxito.

—Es bueno saberlo —respondió Wilson, pero no parecía muy contento.

Holly se limitó a sonreír. Una sonrisa dulce y provocativa, pensó.

—Será mejor que vayas a tu camerino —le dijo —. Se acerca la hora.

—Será un éxito, ¿verdad? Nos romperemos una pierna, ¿verdad? —Se detuvo en la puerta antes de salir.

—Mejor que eso Holly, nos romperemos dos, la tuya y la mía.

Jim comenzó a prepararse para el ensayo general. Se puso el traje lentamente y se maquilló aún más despacio. Cuando por fin se levantó y se dirigió por el pasillo hacia el escenario, la cabeza le palpitaba y el corazón le latía en el pecho. Siempre le ocurría lo mismo, deseaba desesperadamente dar media vuelta y volver al camerino, pero seguía avanzando.

—¿Cómo quiere actuar, Sr. Wilson? —le preguntó el director de escena.

—Directamente, sin dificultades ni preliminares.

—Tiene razón.

—¿Muchos delante?

—Una docena más o menos, quizá algunos más, tramoyistas extra que no he contado.

Él salió deliberadamente, pensando, como siempre hacía, que era como ir a la piscina. Estabas nervioso y tenso hasta que te zambullías, y entonces todo iba bien. Vio a Holly al otro lado del escenario sonriendo, esperando pacientemente su entrada. Le guiñó un ojo, pero ella no lo habría visto a esa distancia. Hizo una mueca, saltó al escenario, contó un chiste corto y rápido, hizo una mueca y oyó una carcajada tranquilizadora. De repente todo estaba bien, se sentía genial y estaba disfrutando haciendo lo que mejor sabía hacer.

CAPÍTULO DOS

S<small>HARON</small> J<small>ONES</small> <small>LLEVABA</small> <small>MÁS</small> <small>DE</small> <small>DOS</small> <small>HORAS</small> trabajando duro. Hizo una pausa, se secó la frente, alisó las almohadas y las mantas de la cama recién hecha y se acercó a la ventana. Fuera brillaba el sol y los coches circulaban lentamente por Carswell High Street. Pronto sería hora de hacer un breve descanso y reunirse con su amiga en la planta tres. Se acercó a la superficie plana que se extendía a lo largo del dormitorio y colocó los sobres de té, café y azúcar junto a la tetera. Luego cogió sobres de leche y los colocó junto a los demás.

La gente le preguntaba a menudo si le gustaría conseguir un trabajo mejor, pero la verdad era que le gustaba trabajar de camarera. Siempre madrugaba, así que las salidas a las seis le venían muy bien. Además, empezar temprano significaba que después del trabajo disponía de una buena parte del día para hacer lo que quisiera. Eso también le venía bien. Hizo una comprobación de última hora de la habitación y de todo lo que había en ella y salió al pasillo.

A continuación, la mujer se dirigió al número cuarenta y cuatro y miró más allá, hacia el cuarenta y cinco. Luego miró el reloj y sonrió. Faltaban cinco minutos para las nueve. El hombre del cuarenta y cinco saldría en cualquier momento y bajaría a desayunar. Era meticuloso con el horario y salía de su habitación a las nueve menos cinco en punto. Lo había hecho toda la semana desde que llegó el lunes. Sharon frunció el ceño, esperó y esperó un poco más, pero no entendía por qué el número cuarenta y cinco no se movía. Siempre daba en el clavo, nunca fallaba. Como no aparecía, sacudió la cabeza y se puso a trabajar en el número cuarenta y cuatro. Limpió la habitación, preparó una cama nueva y salió de nuevo al pasillo. Era la hora del descanso, pero no sabía qué hacer con el hombre del cuarenta y cinco, que no había aparecido como de costumbre. Tal vez salió y bajó mientras yo estaba en el cuarenta y cuatro, razonó, sacudió la cabeza y caminó por el pasillo hasta la escalera del tercer piso.

Annie ya estaba sirviéndose una taza de café de su petaca cuando apareció Sharon. Sharon la tomó, le dio las gracias y aceptó un cigarrillo que su amiga le encendió. Le dijo a Annie que estaba preocupada porque el inmaculado cronometrador de las cuarenta y cinco aún no había salido de su habitación.

—Probablemente se quedó dormido.

—No, no —recitó Sharon, sacudiendo la cabeza —. No es de ese tipo.

—La explicación más probable.

—No, creo que no debe estar bien —murmuró Sharon—. Espero que lo esté —agregó.

—Bueno, echa un vistazo —aconsejó Annie—. Tienes una llave maestra.

Las dos mujeres siguieron bebiendo café y fumando en silencio, de pie una al lado de la otra y mirando por encima del balcón la calle principal, ahora muy concurrida. Cuando terminaron sus cigarrillos, se dispusieron a volver a sus respectivos pisos.

—Buena suerte con la bella durmiente — comentó Annie, marchándose.

Sharon sacudió la cabeza y volvió lentamente a su piso. Llamó con fuerza a la puerta del número cuarenta y cinco, pero no obtuvo respuesta. Permaneció allí un minuto, debatiendo consigo misma si debía o no entrar a investigar. Finalmente, decidió que debía entrar, si todo iba bien, podría retirarse rápidamente, disculparse si el ocupante seguía en la habitación y no sufrir mucho daño. Por el contrario, si todo iba mal, Sharon sacó la llave maestra y abrió la puerta con cautela. Al entrar en la habitación, se dio cuenta inmediatamente de que no todo iba bien, las luces estaban encendidas y las cortinas echadas, aunque fuera hacía sol y era de día. Lentamente, avanzó hacia el centro de la habitación, miró a la izquierda, donde estaba la cama, y se sorprendió al ver a un hombre tumbado encima de la cama.

—Oh, lo siento mucho, señor —soltó—. Creía que había salido.

No fue hasta que se dio la vuelta para salir que se le ocurrió, a través de la niebla de su estado nervioso, que el hombre estaba tumbado encima de la cama y no dentro, y que llevaba camisa, pantalones y calcetines. La mujer se volvió de nuevo, avanzó nerviosa hacia la cama y miró al hombre. Estaba tumbado, totalmente inmóvil, sin ningún movimiento, con la cara pálida y los labios ligeramente entreabiertos. Algo en su aspecto y en su quietud aterrorizó a Sharon, quiso gritar, pero se le quedó en la garganta. Convencida de que el hombre estaba muerto, salió corriendo del dormitorio y se precipitó escaleras abajo, sin dejar de correr hasta que irrumpió sin contemplaciones en el despacho del director.

Henry Dobbs acababa de llevarse una galleta a la boca. Tosiendo y balbuceando, arrojó migas sobre su escritorio ante la repentina y ruidosa intrusión en su pausa matinal para el café.

—¿Qué demonios? —gritó—. ¿Qué haces, Sharon?

—Está muerto, señor.

—¿Qué?

—Muerto, Sr. Dobbs. El tipo del número cuarenta y cinco.

—No seas ridícula Sharon, ¿de qué estás hablando?

De repente, todo era demasiado para Sharon. Dejó de hablar y rompió a llorar, parándose frente al escritorio de Dobbs, balbuceando y llorando ruidosamente. Dobbs se acercó rápidamente, la cogió del brazo y le dijo que no se preocupara, que tenía que sentarse aquí y contárselo todo. Sharon se sentó, pero tuvo dificultades para contener el flujo de sus lágrimas y evitar que le temblaran los hombros. Dobbs le pidió que se tomara su tiempo, respirara hondo y se lo contara todo. Por último, Sharon consiguió explicar, más o menos tal como había sucedido, su experiencia en el número cuarenta y cinco.

—Supongo que estaba profundamente dormido —le dijo Dobbs.

—No señor, estaba muerto, sé que lo estaba.

—¿Tienes formación médica, Sharon?

Sharon rompió a llorar de nuevo y Dobbs tuvo que acercarse a ella, consolarla y decirle que él lo arreglaría todo, que no se preocupara. Cogió el auricular del teléfono y marcó un número interno.

—Margaret, hola, ¿podrías traer una taza de té dulce para Sharon, por favor? Está un poco conmocionada.

Dobbs le aseguró a Sharon que lo arreglaría todo y aclararía cualquier malentendido para que pudiera volver al trabajo más tarde. Sharon negó con la cabeza, convencida de que él no entendía lo que había pasado. Margaret entró con el té y se lo dio con cuidado a Sharon, aunque no pudo evitar que sus manos temblaran y que la taza sonara en el platillo. Mientras sorbía el té con aire desolado, Dobbs salió del despacho y se acercó despreocupadamente a la planta en la que Sharon estaba trabajando. Él se molestó un poco al ver que la puerta del número cuarenta y cinco estaba abierta de par en par. Frunció el ceño, sacudió la cabeza, irritado, y entró. Le bastó una mirada al hombre de la cama para darse cuenta de que Sharon no había estado imaginando cosas ni exagerando. Tomó el pulso a Wilson, algo que había aprendido a hacer en un curso de primeros auxilios hacía muchos años. Wilson estaba muerto y el cuerpo se enfriaba al tacto.

Salió de la habitación, cerró la puerta y puso un cartel de No molestar, no quería que ninguna otra camarera entrara allí. A continuación, bajó rápidamente y entró en el despacho. Sharon seguía allí sentada, aferrada a su taza y su plato, aunque miró con impaciencia a Dobbs cuando éste entró en la habitación.

—Tenías razón, Sharon —declaró Dobbs con rotundidad—. El señor Wilson ha muerto.

Ya fuera por el alivio o por cualquier otra emoción, Sharon rompió a llorar de nuevo y Dobbs tuvo que acercarse a consolarla sentándose cerca de ella y cogiéndole la mano.

—Ahora no debes preocuparte —le dijo con dulzura—. Voy a pedirle a Jane de contabilidad que te lleve a casa en su cochecito y luego llamaré a la policía y al servicio de ambulancias.

—No puedo ir a casa, Sr. Dobbs —sollozó Sharon—. Aún no he terminado mis habitaciones.

—No hay más habitaciones para ti hoy —se compadeció Dobbs—, has sufrido una desagradable conmoción. ¿Hay alguien en casa?

—Mi mamá —susurró Sharon—. Pero debo terminar mis habitaciones. Estaré bien en dos minutos, Sr. Dobbs.

Sin embargo, Dobbs ya estaba haciendo los preparativos para que se fuera a casa, llamó a Jane, le explicó brevemente la situación y le pidió que llevara a Sharon a casa y que, en caso de que su madre se hubiera escapado, se quedara con ella. Sharon fue a empolvarse la nariz y mientras estaba fuera, con Jane a remolque, él telefoneó al 999 para llamar a la policía y al servicio de ambulancias. Jane regresó a los cinco minutos, diciendo que Sharon estaba a punto de llegar.

—Cuídala, Jane, por favor —dijo Dobbs—, está más afectada de lo que cree.

—Ahora descansa —le dijo Dobbs a Sharon cuando regresó—. Y no vuelvas a trabajar hasta que te sientas mejor. Te pagaré el sueldo completo mientras estés fuera.

Sharon sonrió nerviosa y Dobbs los acompañó a la puerta. Se sentó en su escritorio y de repente se sintió un poco mareado. Después de todo, no era el tipo de situación en la que un director de hotel espera encontrarse. Y aunque su atención se había centrado en cuidar de Sharon y amortiguar su conmoción lo mejor posible, no había tenido en cuenta el hecho de que él mismo podía estar sufriendo un leve *shock*. Él respiró hondo y se dijo que la policía y la ambulancia no tardarían en llegar y que debía estar preparado para hacer lo que fuera necesario. A lo largo de los años había visto de todo en los hoteles, sobre todo en las habitaciones de los huéspedes, pero nunca una muerte. Respiró hondo, cogió el auricular del teléfono y llamó al bar.

—Hola, Steve. Tráeme un *whisky*, por favor. Uno doble.

—Un poco temprano, ¿no, Sr. Dobbs?

—Puramente medicinal, Steve, puramente medicinal. Luego te explico.

CAPÍTULO TRES

EL ESPEJO DE CUERPO ENTERO DEL DORMITORIO ERA EL mejor lugar para que Joanne Wilson viera su aspecto. Al mirarse intensamente en el espejo, se sintió bastante satisfecha con la imagen que le devolvía. Llevaba puesto su nuevo vestido azul oscuro con un pañuelo corto en el cuello de otro tono de azul. Lucía un cabello castaño oscuro perfectamente peinado hasta los hombros y se había maquillado cuidadosamente para resaltar sus pómulos altos, su piel blanca e inmaculada y sus ojos azul-grisáceos. No estaba nada mal para tener cuarenta y siete años, pensó, y sabía que podría pasar fácilmente por una mujer diez años más joven, o incluso algunos más.

Joanne volvió al tocador, se sentó y se miró en otro espejo. Había tardado más de una hora en vestirse, maquillarse y peinarse. Aun así, su mente, todo el tiempo, había estado en Jim y su repentina e inesperada muerte. Él nunca había sido ni remotamente suicida, ella lo sabía, así que no se explicaba qué había pasado en Gales. Sin embargo, tenía la intención de averiguarlo. Empezó a cepillarse el cabello de nuevo, suavemente, no porque necesitara más cepillado, sino porque se sentía muy bien haciéndolo. Su matrimonio había mejorado mucho en los últimos tres o cuatro meses, lo cual era otra cosa. ¿Por qué iba a estar deprimido si las cosas habían mejorado tanto? El matrimonio había ido muy mal, lo reconoció enseguida, y en un momento dado había parecido que se rompía irremediablemente. Por supuesto, no había ayudado que finalmente hubiera cedido a los interminables intentos de Len Harris de llevarla a la cama, pero sólo había sido una ocasión y se había arrepentido inmediatamente después. De todos modos, Len había demostrado ser un amante sin remedio, lo que había empeorado aún más las cosas. Por supuesto, Jim nunca se enteró de nada, ella se había asegurado de ello. Y aunque había sido terriblemente lenta y pesada, la relación entre ella y su marido había ido mejorando gradualmente hasta el punto en que ella empezó a sentirse más cómoda en su presencia. Entonces, una o dos semanas antes del viaje a Gales y del fatídico compromiso en el teatro Carswell, habían reanudado las relaciones sexuales después de un intervalo de casi cuatro años.

Joanne se miró al espejo. Pensó que ya no tenía sentido darle vueltas, que lo pasado, pasado está y hay que seguir adelante. Miró el reloj y decidió que era hora de emprender el viaje. Se retocó por última vez el pintalabios y el rímel, se levantó y se miró por última vez en el espejo de cuerpo entero. Decidió que seguía estando razonablemente delgada y que el vestido azul le quedaba ajustado, resaltando satisfactoriamente las curvas de su cuerpo.

El cálido tiempo primaveral anunciaba un sol pálido cuando se subió a su Mini y arrancó el motor. La mujer condujo lentamente hasta el cruce de la M4 y aceleró a medida que avanzaba por la autopista. Afortunadamente, en ese momento había poco tráfico, por lo que pudo circular a una velocidad razonable sin tener que reducir. Al final fue un viaje bastante tranquilo, con breves retenciones cerca de Reading y tráfico lento al acercarse a Swindon, pero despejado a partir de entonces. Aparcó el coche en el aparcamiento del hotel media hora antes de lo previsto, aparcó y se dirigió a paso ligero a la recepción del hotel. Preguntó por el gerente y unos instantes después apareció Henry Dobbs con una sonrisa torcida en la cara mientras se acercaba.

Dobbs no era lo que ella había esperado al

hablar con él por teléfono, era alto, escarpado, pero bien parecido, y tenía un aspecto cansado del mundo, pensó.

—¿Señora Wilson?

—Sí, usted debe ser el Sr. Dobbs.

Él sonrió en señal de reconocimiento y la invitó a pasar a su despacho. Le ofreció una taza de té que ella aceptó y ambos se sentaron frente a frente en su escritorio.

—No creo que pueda decirle nada más de lo que le dije por teléfono —declaró Dobbs con suavidad, sonriendo de nuevo.

—Aún no me ha dicho nada, señor Dobbs —le dijo ella con el rostro pétreo.

Dobbs parecía desconcertado. Recordó que le había dicho que la camarera había encontrado el cadáver y que se había puesto en contacto con la policía y el servicio de ambulancias. Se lo recordó y ensayó otra sonrisa, esperaba que tranquilizadora.

—Sólo lo básico. ¿Qué pasó la noche anterior, a qué hora lo vio por primera vez?

—Cuando volvió del teatro por última vez, sobre las diez y media de la noche —contestó Dobbs, pensativo.

—¿Y qué aspecto tenía? —se preguntó ella—. Brillante, alegre, o decaído y deprimido.

—Como siempre —dijo Dobbs, pensativo—. Nunca parecía especialmente alegre, sólo... bueno, corriente.

—¿Y lo volvió a ver esa noche?

—No.

—¿Nada en absoluto? —preguntó Joanne, con mirada intensa—. ¿Está seguro?

—Ah, un momento. Volvió a bajar y entró en el bar. Pidió algo —estalló luego de guardar silencio un rato. Dobbs se concentró mucho.

—Un *whisky* doble —sugirió Joanne.

—Sí, eso creo. ¿Cómo puede saberlo?

—Mi marido era un animal de costumbres, señor Dobbs —continuó Joanne—. Siempre bebía un *whisky* todas las noches alrededor de las once antes de retirarse a la cama.

—Ah.

—Así que ahora ve por qué le pedí que pensara con cuidado —declaró ella, clavándole una dura mirada—. ¿Y más tarde esa noche?

—Sí, yo estaba en la recepción más tarde esa noche y ahora lo recuerdo, él salió del bar y salió del hotel. —Dobbs parecía pensativo. Guardó silencio durante un rato, mirando su escritorio y luego levantando la vista para mirar a Joanne. Entonces se le iluminó el rostro.

—A fumar un cigarrillo —susurró Joanne—. Otro hábito habitual. ¿A qué hora volvió, más o menos?

—Ah, eso no puedo decirlo —respondió Dobbs—. Recuerdo que me llamaron al bar porque alguien estaba un poco mal de la bebida, y me llevó algún tiempo solucionarlo.

—Entonces, ¿definitivamente nunca lo viste volver a entrar?

—No.

—¿Estás absolutamente seguro?

—Totalmente.

Joanne guardó silencio durante un rato y Henry la observó atentamente como si esperara que le aclarara algún punto que no había expresado muy bien.

—Bueno, creo que hemos terminado aquí —declaró ella, con aire de tomar las riendas positivamente—. Muchas gracias, Sr. Dobbs.

Dobbs sonrió nerviosamente y le dijo a Joanne que esperaba haber conseguido darle la información que necesitaba, pero ella movió la cabeza negativamente. Todo era muy parecido al patrón que Jim había seguido siempre y no había surgido nada nuevo ni particularmente útil. No se sentía más cerca de ninguna razón por la que Jim pudiera haberse quitado la vida, pero se guardó este último pensamiento para sí.

—Me gustaría ir a mi habitación ahora.

Dobbs se convirtió en el perfecto director de hotel, acompañando a Joanne hasta la puerta de su habitación después de haberle conseguido la llave en recepción. Mientras se detenía en el umbral, le preguntó si el teatro estaba lejos del hotel.

—No muy lejos —respondió Dobbs

efusivamente—. Está al otro lado de la ciudad, pero ésta es una ciudad pequeña.

—Debo ir allí mañana por la mañana.

Dobbs la dejó en silencio para empezar a deshacer su maleta.

A la mañana siguiente, Dobbs, elegantemente vestido con un traje gris, camisa blanca y corbata azul, y con su cabello, habitualmente algo desordenado, peinado con cuidado, se dirigió nervioso a la habitación de Joanne Wilson y llamó a la puerta. Joanne abrió con el cabello recogido en una tosca coleta y vestida con unos pantalones color canela y una camisa crema.

—Señor Dobbs.

—Sí —respondió un ahora algo nervioso, Henry Dobbs—. Me preguntaba si podría llevarla al teatro —le preguntó y como ella no contestó, sino que se limitó a sonreír—. Después de desayunar, por supuesto —continuó él.

—Muy amable —respondió Joanne, con una sonrisa—. Por supuesto, puedo conducir sin problemas.

—Sí, pero conozco el camino —ofreció Dobbs, habiéndose preparado de antemano para esta respuesta.

—Así es —continuó ella, burlona—. Pero, ¿qué hay de tus deberes en el hotel?

—Hoy es mi día libre.

—Ah. En ese caso me gustaría aprovechar su amable oferta.

Quedaron en que ambos se reunirían en la recepción dentro de una hora, así que Dobbs bajó las escaleras y volvió a la habitación que le habían proporcionado cuando estaba de guardia nocturna. Había dormido allí la noche anterior en lugar de volver a su pequeño piso.

Uno o dos miembros del personal le habían visto esa mañana y le habían preguntado por qué no pasaba su día libre en casa, pero él se excusó diciendo que tenía que ponerse al día con el papeleo y se marchó a toda prisa. Ahora, sentado en la recepción, se preguntaba en qué se había metido. Al final se convenció de que su idea era ayudar a la Sra. Wilson en todo lo posible. No sabía muy bien por qué, salvo porque le había caído bien nada más conocerla y, recordando el trauma que había vivido con Sharon Jones cuando la chica descubrió el cadáver, pensó que le gustaría ayudarla a averiguar qué había provocado la repentina muerte de Wilson.

Aun así, Henry se sentía aprensivo y un poco nervioso. En sus cuarenta y siete años sobre la tierra había tenido pocas relaciones con mujeres. Sólo había tenido una cita con una chica cuando era adolescente, cuando su amigo James los había presentado y prácticamente había organizado que salieran juntos. Sin embargo, había sido tímido y torpe, y no había llegado a nada. Una segunda cita había sido por iniciativa propia, pero había acabado en desastre cuando la chica no se presentó a la cita concertada. Desde entonces, sus relaciones con las mujeres habían sido escasas y así se habían mantenido durante los últimos años. Había vivido con su madre hasta los cuarenta años, después de que su padre muriera joven de un repentino ataque al corazón. Sólo en los últimos siete años había vivido solo en su pequeño piso de soltero.

Diez minutos después de la hora acordada, Joanne Wilson bajó la escalera y saludó a Dobbs con una sonrisa. Se había cambiado los pantalones y la camisa por una elegante falda negra y un *top* beige, y se había peinado lujosamente el cabello. Dobbs le sonrió.

—Quizá deberíamos irnos ya —dijo torpemente.

—Puede que sea una buena idea —se burló Joanne.

La acompañó hasta el aparcamiento y se detuvo delante de un escarabajo rojo descolorido que parecía haber vivido tiempos mejores, pero que habían limpiado y ordenado un poco. Le abrió la puerta del acompañante y se quedó a un lado. Joanne enarcó una ceja y empezó a acomodarse en el asiento delantero.

—Me temo que es un poco estrecho —explicó Dobbs—. La estoy restaurando.

—¿A su antigua gloria? —Joanne preguntó y luego suspiró.

—Bueno, la estoy limpiando y arreglando. Una mano de pintura aquí y allá.

Dobbs arrancó el motor y empezó a conducir despacio, como hacía siempre. Cuando llegaron al pequeño teatro, aparcó delante de la puerta del escenario y entró para preguntar por el director artístico, Freddie Thompson. El hombre salió rápidamente a recibirlos, era un joven extravagante con un gran mechón de pelo rubio y llevaba una camiseta con las conocidas palabras «Support Live Theatre» en la parte delantera. Dobbs lo conocía, ya que se había alojado en el hotel cuando llegó a la ciudad para ocupar su nuevo puesto hacía tres años. Dobbs presentó a Joanne y dio una breve idea de por qué estaba allí. Thompson los llevó de nuevo al interior, los instaló en su pequeño y oscuro despacho y luego envió a un joven a traerles un té.

—Quería saber si había algo diferente o inusual en el comportamiento de mi marido —preguntó Joanne en voz baja.

—En realidad, no.

—Cualquier cosa —insistió Joanne—. ¿Algo raro o inusual?

—Era más feliz en el escenario, pero estoy segura de que usted ya lo sabía. La mayoría de los compromisos de cuatro días iban bien, pero se ponía irritable si no se llenaba el teatro, y una vez montó en cólera con Holly, su ayudante, cuando se perdieron algunos accesorios. —Thompson se mostró pensativo.

—Esta Holly —preguntó Joanne frunciendo el ceño—. ¿Era muy joven?

—Unos veintidós o tres años, diría —respondió Thompson con nostalgia—. Buena chica. Llamativos ojos verdes.

—Sí, bueno, aparte de sus llamativos ojos verdes, ¿le prestaba mi marido mucha atención?

—Parecía estar pendiente de cada palabra suya —recordó Thompson—. En lo que al trabajo se refiere.

—¿Y la husmeaba todo el tiempo?

—Estaban mucho tiempo juntos, naturalmente, pero luego trabajaban muy juntos. Una noche se puso furioso con ella cuando se saltó dos indicaciones en el escenario. Le dijo que tendría que ir a su hotel al día siguiente para ensayar.

Joanne se volvió para mirar inquisitivamente a Dobbs.

—Nunca le vi con una mujer en el hotel —soltó Dobbs—. Ni una sola vez, jamás.

—Y una vez le vi pasarle el brazo por el hombro —dijo Thompson—. Aunque ella se lo quitó de encima rápidamente, lo recuerdo.

Joanne interrogó detenidamente a Thompson

sobre el comportamiento de Jim durante toda la semana y si había cambiado notablemente en algún momento. Thompson no podía decir que hubiera cambiado, al menos que él supiera. Respondió afablemente a todas sus preguntas durante más de diez minutos y luego miró el reloj. Joanne captó la indirecta.

—Bueno, ya le hemos robado bastante tiempo, Sr. Thompson, gracias por su paciencia.

—Thompson le aseguró que no era ninguna molestia, les estrechó la mano a ambos y los acompañó hasta la puerta del escenario. Justo antes de salir en dirección al Escarabajo de Dobbs, se volvió una vez más hacia el director del teatro.

—¿Tiene por casualidad la dirección o el número de teléfono de esta mujer, Holly Roberts?

—Lo siento, no.

—No importa, lo encontraré.

Al entrar en el Escarabajo de Dobbs, declaró ella en voz alta que debía hablar con la joven lo antes posible. Dobbs asintió, introdujo la llave de contacto y arrancó el motor. El motor chisporroteó y tosió un poco y luego se calmó con un ronroneo gutural mientras él conducía el pequeño coche por la carretera principal. Joanne miró a Dobbs, que estaba concentrado en la carretera y en la conducción.

—Bueno, parece que no soy mucho más sabia sobre mi marido —ronroneó ella suavemente—.

Debo darle las gracias, Sr. Dobbs, por acompañarme.

—No es ninguna molestia.

Mientras llegaba al hotel y aparcaba su pequeño Escarabajo, pensó que podría preguntarle algo. Estaba nervioso, pero decidió seguir adelante de todos modos.

—Supongo que no tendrás tiempo de venir a almorzar conmigo —preguntó, hablando muy rápido—. Conozco un sitio.

—Y estoy segura de que es un sitio muy bonito —le dijo Joanne, con una sonrisa—. Sin embargo, debo volver a Windsor, tengo un millón de cosas que hacer.

—Sí, sí, por supuesto —contestó rápidamente Dobbs, como si ésa fuera la respuesta que de todos modos esperaba.

CAPÍTULO CUATRO

LOCALIZAR A HOLLY ROBERTS Y HABLAR CON ELLA resultó mucho más difícil de lo que Joanne había imaginado. Lo primero que hizo fue revisar el escritorio de su marido y sus papeles, pero la única referencia a Holly era una carta de su agente confirmando que se había puesto en contacto con ella y le había ofrecido el concierto de Carswell Bay. Así que llamó por teléfono a Bernie, el agente de larga duración de Jim, y le preguntó si podía facilitarle la dirección de Holly. Le dijo que podía darle la dirección y el número de teléfono.

—Gracias, Bernie, es de gran ayuda. Por cierto, ¿sabes si Jim conocía a esa tal Holly desde hacía mucho?

—Creo que un tiempo, sí.

—Suenas dubitativo, Bernie —preguntó Joanne

—, ¿La conocía antes del concierto de Carswell?

—Creo que sí, sí —respondió Bernie sonando incómodo.

—¿Desde cuándo?

—Alrededor de un año —respondió Bernie con voz suave.

—Maldita sea Bernie. ¿Un año? ¿Por qué no supe de ella?

—Creo que estaba un poco nervioso, Joanne —explicó Bernie—. Dijo que siempre se ponía nervioso si sus ayudantes eran jóvenes y mujeres.

Joanne agradeció a Bernie su ayuda y colgó el auricular. Volvió a descolgarlo y marcó el número de Holly. No hubo respuesta. Joanne se dedicó a sus tareas habituales del día, deteniéndose sólo para volver a marcar el número de Holly, pero sin obtener respuesta. En la última ocasión dejó un mensaje en el que sólo decía su nombre y que le gustaría hablar con la Sra. Roberts y que le agradecería que dispusiera de media hora. A continuación, dejó su número de teléfono y pidió a la Sra. Roberts que le devolviera la llamada lo antes posible.

Dos días más tarde, sin noticias, Joanne fue a la dirección de Holly. Vivía a sólo ocho o nueve kilómetros de Joanne, al otro lado de Windsor, por lo que el trayecto en coche era corto. Joanne puso en marcha el navegador por satélite y arrancó el motor. Llegó veinte minutos más tarde a una calle bordeada de grandes casas victorianas adosadas algo descoloridas. Se acercó a la casa que Bernie le había indicado y llamó con fuerza. Al no obtener respuesta, llamó al timbre situado a la izquierda de la puerta. Le abrió una mujer con delantal, rizos en el cabello y expresión adusta en el rostro.

—Buscaba a la señorita Roberts —le dijo a la mujer.

—No se encuentra.

—¿Pero vive aquí?

—Sí.

El tono de la mujer era enérgico, brusco y poco amistoso. Miró a Joanne como si la hubiera interrumpido en medio de sus tareas, y eso era imperdonable.

—¿Sabes a qué hora volverá?

—No. No hablo con ella.

—Bueno, eso no es muy de vecino.

—¿Será porque estoy ocupada?

Joanne suspiró, sacudió la cabeza y se dio la vuelta para marcharse, pero la mujer ya había cerrado la puerta. Se fue directamente a casa y se preguntó cómo proceder. Pensó que, si Holly trabajaba en un teatro o en un lugar de ocio, lo más probable era que trabajara de noche y llegara tarde a casa. Lo más probable era que también se acostara tarde por las mañanas. Por lo tanto, la mejor hora para encontrarla sería probablemente a última hora de la mañana, entre las doce y cuarenta y cinco y la una y media. De todos modos, valía la pena intentarlo.

A la mañana siguiente, Joanne salió y llegó a la calle poco después de la una y cuarto. Subió a la casa y dio dos toques prolongados al timbre, suponiendo que Holly estaría en el primer piso y probablemente respondería a dos toques. No respondió. Después de que Joanne lo intentara de nuevo, esta vez ampliando considerablemente sus dos toques, la mujer que había visto ayer salió con el aspecto más sombrío y enfadado posible.

—¿Quieres dejar de hacer ese ruido infernal? —exigió, mientras miraba a Joanne con el ceño fruncido.

—Estoy intentando ver a la Sra. Roberts —respondió ella, un poco irritada.

—¡No contesta! —gritó vengativamente la mujer.

—Bueno, ¿sería tan amable de subir y decirle que estoy aquí, por favor? —preguntó Joanne con cautela.

—No. ¿Cree que no tengo nada mejor que hacer que dar vueltas por usted? Sube tú.

—Vaya gente —murmuró en voz baja y sacudió la cabeza. Sin embargo, no le apetecía hacer otro viaje en vano, así que empezó a subir la escalera tímidamente. Se dio la vuelta y se dirigió a sus habitaciones, dejando a Joanne tambaleándose en el umbral.

En lo alto había una puerta, así que se dirigió a ella y llamó con fuerza. La joven que abrió la puerta estaba vestida informalmente con unos vaqueros, pero Joanne se dio cuenta de lo atractiva que era y también de los brillantes ojos verdes que había mencionado el director de teatro. Antes de que pudiera hablar, Joanne se presentó como la señora Wilson.

—Sé quién eres.

—¿Lo sabes?

—Tu marido me enseñó una foto.

—Bueno, pues ya estamos —dijo Joanne sonriendo—. Sólo quería charlar un poco contigo…

—¿De qué?

—Sólo para rellenar algunos espacios en blanco para mí, nada siniestro.

—Mira, no tengo nada que decirte, lo siento —respondió Holly, pareciendo incómoda.

Joanne bajó la voz a poco más que un susurro. Le dijo a Holly que sólo quería unos minutos de su tiempo para hacerle unas preguntas sencillas sobre la última semana de su marido. Holly fue una de las últimas personas que vio a Jim con vida y Joanne tenía muy poca información sobre sus últimos días. ¿Estaba preguntando demasiado? Holly la fulminó con la mirada, pero poco a poco se fue relajando a medida que Joanne se mantenía firme y conservaba una actitud amable y un esbozo de sonrisa en los labios.

—Será mejor que entre —pronunció al fin y se hizo a un lado para dejar pasar a Joanne.

Joanne entró en una habitación de buen tamaño, casi vacía. Había un aparador con algunos adornos y algunas fotografías. Una gran mesa con cuatro sillas de comedor y eso era todo. Joanne miró perpleja a su alrededor.

—Es un poco escaso —se disculpó Holly con voz plana—. Me mudé hace sólo dos semanas.

—Ya veo.

—Será mejor que te sientes.

Las dos mujeres se encontraron frente a frente en la gran mesa y ninguna habló durante unos instantes. Holly parecía aprensiva, como si esperara ser atacada verbalmente o acusada de algo.

—Sólo me preguntaba cómo era él durante esa última semana —comenzó Joanne vacilante—. Debes haber estado con él gran parte del tiempo.

—Sólo en el escenario —contraatacó Holly a la defensiva.

—Sí, de acuerdo. ¿Cómo estaba?

—Bien en el escenario. Me ayudó mucho y yo tenía muchas ganas de aprender como actor e intérprete inexperto.

—¿Y fuera del escenario? ¿Temprano por la tarde y más tarde por la noche?

El semblante de Holly decayó y volvió a mostrarse aprensiva y cautelosa. Le recordó a

Joanne que había tenido poco contacto con Jim fuera del escenario y se lo había dicho.

—¿Pero en las pocas ocasiones que estuviste con él? —insistió Joanne.

—Me mantuve alejada de él principalmente.

—¿Lo hiciste ahora? —Joanne dijo estudiando su cara atentamente—. ¿Se te insinuó, Holly?

Holly suspiró, mirando a Joanne con una mezcla de desconfianza y hostilidad antes de responder.

—Regularmente —contestó al fin, con vehemencia.

—No te preocupes —respondió Joanne rápidamente—. Ya lo ha hecho algunas veces. Siempre que le ha tocado trabajar con mujeres jóvenes.

Holly le dijo a Joanne que tenía la impresión de que él siempre había sido así y que siempre había rechazado sus insinuaciones. A veces había sido difícil, pero ella se había mantenido firme. Joanne le dijo que no se preocupara, que conocía la situación de antaño. Sin embargo, se preguntó si había ocurrido algo fuera de lo normal durante aquella semana de trabajo en Carswell.

—No, la verdad es que no. Montó en cólera un par de veces, muy por encima de cualquier pecado mío, pero aparte de eso, nada.

—¿El director de teatro de Carswell sugirió que insistió en que volvieras a su hotel un día para arreglar unos asuntos?

—Fueron un par de entradas que me perdí en el escenario, nada importante en realidad. Cuando fui esa mañana, me dijo lo que quería que hiciera en dos minutos y luego se pasó veinte minutos intentando llevarme a la cama. —Holly asintió.

—¿Pero no cediste? —Joanne sonrió. Parecía que se había ganado la confianza de la joven y que se estaba sincerando sobre lo que realmente había pasado.

—No cedí. Prácticamente tuve que luchar físicamente contra él en un momento dado, pero le amenacé con derribar el local a gritos y se echó atrás.

Joanne le dijo a Holly que le agradecía su sinceridad y que ahora la dejaría en paz. Aún no había averiguado mucho sobre los últimos días de su marido, pero pensaba seguir investigando y hablando con gente que pudiera ayudarla. Holly le dijo que, si necesitaba volver a hablar con ella, se pondría a su disposición. Joanne se marchó, con la sensación de que no había conseguido mucho en lo que respecta a averiguar las actividades de Jim en sus últimos días, pero había establecido contacto con alguien que probablemente sabía mucho más de lo que ella decía. Bueno, aún era pronto y se había ganado la confianza de la joven hasta cierto punto, así que esperaría su momento. Ella esperaba más contactos y quizá revelaciones de la joven, pero intuía que no era el momento.

CAPÍTULO CINCO

HENRY DOBBS PENSABA EN JOANNE WILSON. PARA ser un hombre que apenas había tenido relación con otra mujer que no fuera su madre durante cuarenta y siete años, pensaba en Joanne Wilson bastante más de lo que creía que debía. Le habría gustado verla, quedar en algún sitio, pero ¿cómo podría conseguirlo? Sabía que no había ninguna posibilidad mientras sacaba los copos de maíz del desayuno y ponía a hervir la tetera para el café. Había estado dos días de vacaciones en su pequeño piso de las afueras de la ciudad, pero tenía que volver al trabajo esa misma mañana.

Era un día aburrido, vio mientras estaba sentado en la cocina, desayunando y preguntándose cómo se le ocurriría una razón para llamar a Joanne Wilson por teléfono. Tendría que ser una buena razón, o ella simplemente lo descartaría a él y a ella, y pensaría que era un tonto. El aspecto gris y brumoso que contemplaba por la ventana no parecía que fuera a mejorar más tarde. Había disfrutado de buen tiempo durante su descanso de dos días y había llevado el dinero que había ahorrado durante los últimos meses a su amigo Roger y se lo había entregado todo. Poco a poco, durante un largo periodo de tiempo, el antiguo Escarabajo de Henry fue siendo restaurado y Roger, en su garaje a tres kilómetros de la carretera, era el hombre indicado para hacerlo. Era un proceso lento y dependía de que Henry ahorrara suficiente dinero para organizar la siguiente fase del proyecto. Si eso le dejaba con poco dinero, no le importaba, guardaba lo justo para la compra y los artículos de aseo esenciales y se convencía de que eso era todo lo que necesitaba. Cada vez pasaba más tiempo en el hotel. Se ofrecía voluntario para realizar tareas adicionales más que cualquier otro miembro del personal, pero le resultaba cómodo vivir en el hotel y que le proporcionaran todas las comidas. Su única verdadera pasión en la vida era restaurar su Escarabajo y dejarlo como nuevo, y si eso significaba hacer sacrificios, estaba dispuesto a hacerlos. Terminó de desayunar, se arregló y se dirigió a la parada del autobús.

Cuando Roger emprendía ciertos trabajos importantes en el Escarabajo, significaba dejarle el coche durante unos días, así que el autobús era la única opción asequible. Sin embargo, mientras estaba sentado en el piso superior del autobús durante los diez minutos que duraba el trayecto hasta el hotel, empezó a pensar de nuevo en Joanne Wilson. ¿Por qué iba a ser diferente a tantas otras mujeres con las que había estado en contacto? No lo sabía, sólo sabía que lo era. Se preguntó ociosamente cuáles eran las grandes pasiones de Joanne en la vida. Si pudiera averiguarlo, podría intentar convencerla de que también eran sus pasiones. Ahora bien, ¿cómo averiguarlo y qué razón podría tener para ponerse en contacto con ella, aunque conociera sus intereses?

George Barnes le esperaba en el despacho, listo para entregarle el mando y retirarse del servicio.

—Vas un poco fino, Dobbsy —le saludó.

—Lo siento, George. Tengo que coger el autobús otra vez.

—Sigues malgastando el dinero en ese montón de chatarra, ¿verdad? —preguntó George—. Deberías desguazarlo y comprarte un coche.

—Es un Escarabajo antiguo. Es un clásico —respondió Henry con cierta dignidad. Barnes se limitó a sonreír, le dio una palmada en el brazo y siguió su camino. Dobbs emprendió su ronda habitual de actividades cada vez que asumía el cargo de jefe de servicio. Recorrió la planta baja y subió la escalera para comprobar que los pisos estaban razonablemente ordenados y limpios. Cuando regresó a su despacho y estaba tomando su café matutino y masticando su galleta de mantequilla, recordó de repente que Sharon Jones había vuelto hoy al trabajo. Pidió a la camarera que le traía el café que le dijera a Sharon que fuera a su despacho porque quería comprobar que ya estaba totalmente recuperada. Poco después la oyó llamar a su puerta con aprensión y la invitó a entrar y a tomar asiento.

—¿Me buscaba, señor Dobbs? —preguntó ella, con nerviosismo.

—Sí, siéntate, Sharon —Dobbs sonrió ampliamente con su forma torcida—. ¿Cómo te sientes ahora?

—¿Yo, señor? Estoy bien, gracias.

—¿Descansaste bien en casa? ¿Y ver al médico?

—Oh, demasiadas veces, señor. Me hacía preguntas todo el tiempo y me daba medicinas que no necesitaba.

Dobbs le dirigió una sonrisa torcida. Le aseguró a Sharon que había sido necesario que el médico se asegurara de que estaba bien y recuperándose de su desagradable experiencia. Sharon había pasado por un momento traumático y necesitaba ayuda y medicinas. ¿Se sentía ya totalmente recuperada y apta para el trabajo?

—Oh, sí, señor, estoy encantada de volver a mis habitaciones.

Dobbs sonrió. Se alegró de oír que se sentía bien y, aunque normalmente no se interesaba más que de pasada por cómo se sentían los miembros del personal, estaba convencido de que lo que Sharon había pasado era una prueba considerable que podría haberle dejado cicatrices mentales durante años. Había estado de guardia y había asumido instantáneamente la responsabilidad de su bienestar desde el momento en que comprobó que Jim Wilson había muerto.

—Bueno, te agradezco que hayas vuelto al trabajo, Sharon, aunque no puedo evitar pensar que deberías haber pasado otras dos o tres semanas en casa.

—No, no, Sr. Dobbs, no podía soportar mucho más. Ese médico y la trabajadora social que enviaron me estaban volviendo loca.

Él asintió, satisfecho. Estaba a punto de sugerirle a Sharon que se marchara y reanudara el trabajo, pero intuyó que ella tenía algo más que decir. Su ceño fruncido de concentración le delató un poco, pensó. Esperó a que hablara.

—Estaba pensando —recitó Sharon en voz baja—. No habría sido tan malo, señor Dobbs, si hubiera sido alguien a quien viera por primera vez. Pero con ese Sr. Wilson sentí casi como si lo conociera. Por eso me sorprendió tanto.

—Pero usted no lo conocía, Sharon —sugirió Dobbs con tolerancia.

—No señor, no realmente. Pero fue verlo todas las mañanas a la misma hora saliendo de su habitación para desayunar y las otras veces.

—¿Otras veces, Sharon? —Dobbs se puso inmediatamente alerta y se concentró.

—Er, sólo en el bar, señor. —Sharon se ruborizó.

—¿Has visto al Sr. Wilson en el bar?

—El jueves por la noche, señor. Estaba con esa mujer de ojos verdes. Y luego otra vez el viernes por la noche estaba con ella, y parecían muy cómodos, los dos.

Dobbs se sentía eufórico. Quizá ahora sí tuviera motivos para ponerse en contacto con la Sra. Wilson. Le pidió a Sharon que lo pensara detenidamente, y ella le aseguró que los había visto a los dos. Ella y su novio habían estado en el bar a eso de las once menos cuarto, tomando una copa hasta tarde, y los había visto a los dos sentados muy juntos y a él susurrándole cosas al oído que la hicieron reír a carcajadas. Dobbs le dijo a Sharon que lo que acababa de contarle podía ser muy importante, y que informaría a la señora Wilson, que seguramente querría hablar con ella.

—Oh, no, señor Dobbs, no —gritó Sharon, entrando en pánico de inmediato—. No puedo hablar con la Sra. Wilson. Por favor, no me obligue.

—Nadie te obligará a hacer nada —le aseguró Dobbs con su voz más comprensiva—, aunque podría ser muy útil para la señora Wilson si lo hicieras.

—No, no puedo enfrentarme a ella —declaró Sharon en voz alta—. No puedo.

—¿Puedo preguntar por qué?

—Eso me haría recordar todo, Sr. Dobbs, y no puedo hacerlo. Aún no me he recuperado del todo, y eso me haría retroceder.

Dobbs negó lentamente con la cabeza, realmente no podía discutir eso. Se preguntaba por qué Sharon decía que aún no se había recuperado del todo, cuando sólo unos minutos antes le había dicho que se sentía bien. Lo último que quería era hacerla retroceder si realmente se sentía incapaz de enfrentarse a la mujer del muerto.

—Está bien, Sharon —murmuró en voz baja—. Gracias. Ya puedes volver al trabajo.

—¿Y no me hará hablar con esa mujer, señor?

—No, claro que no.

La mujer sonrió nerviosa, se levantó y salió rápidamente de la habitación. Dobbs no sabía qué pensar de su negativa a hablar con la Sra. Wilson. Podría ser un obstáculo para que volviera a verla, y no podía soportar esa idea. Se levantó resueltamente y caminó por el pasillo hasta la escalera. Pronto se encontró frente al número cuarenta y cinco, una habitación que no se había utilizado desde la muerte de Jim Wilson. Hacía tiempo que la policía había perdido interés en la habitación, pero Dobbs, como encargado de turno ese día, había puesto una nota en la recepción que decía que no se podía reservar la habitación a nadie bajo ninguna circunstancia. Por alguna razón, nadie, ni siquiera el director general, había considerado oportuno cambiar o anular esa instrucción y la habitación seguía vacía.

Dobbs sacó su llave maestra y entró. Todo estaba limpio y ordenado, y la cama estaba hecha. Se acercó a la ventana y miró hacia una concurrida calle con coches y furgonetas que se movían lentamente. Se dio la vuelta, observó la habitación desde donde estaba y luego, en un impulso, avanzó y empezó a mirar en todos los cajones, armarios y huecos que encontró. Inspeccionó la ducha, abrió la tapa de la cisterna del retrete y miró dentro. No tenía ni idea de lo que buscaba ni de por qué lo hacía. No encontró nada.

A punto de salir de la habitación y cerrar, Dobbs se acercó de nuevo a la cama y miró hacia el lateral, entre la cama y la mesilla. Al acercarse más le pareció ver algo metálico, de color dorado, justo en el suelo y casi debajo de la cama. Se arrodilló y acercó la mano al objeto, lo localizó y lo recogió. Era una barra de labios roja en un estuche de color dorado. Dobbs giró la cabeza hacia un lado y esbozó una sonrisa torcida. Así pues, una mujer había estado en esta habitación aquella noche. La policía no la había visto, pensó. En cualquier caso, ¿podría haber estado debajo de la cama, invisible para los buscadores, y haber salido más tarde? Poco probable, pero era lo único que se le ocurría.

Dobbs se guardó el pintalabios en el bolsillo de la chaqueta y salió de la habitación. Bajó y volvió al despacho preguntándose qué podría decirle a la señora Wilson, si es que podía decirle algo. Tenía muchas ganas de volver a verla, pero ¿qué posibilidades había si Sharon se negaba a hablar con ella? Y qué decir de su nuevo descubrimiento, a ella le gustaría mucho saberlo, aunque eso pudiera molestarla. Dobbs no quería disgustarla a ningún precio. Decidió que debía economizar con la verdad. Esa era la expresión, ¿no? Volvió a sonreír al entrar en su despacho porque, al menos, ahora tenía un buen motivo para ponerse en contacto con ella. Levantó el auricular del teléfono y, con el corazón latiéndole con fuerza en el pecho, marcó el número de Joanne Wilson. Cuando ella contestó, tartamudeó un poco, pero consiguió decirle su nombre y desde dónde llamaba.

—¿Quién? Ah, el señor Dobbs —respondió Joanne—. Sí, señor Dobbs, ¿en qué puedo ayudarle?

—Pensé que debería saberlo —empezó Dobbs lentamente, cambiando de opinión de repente y decidiendo contárselo todo—. Una de nuestras camareras recuerda haber visto a su marido dos noches de esa semana, en el bar del hotel.

—Ah, ¿sí? —preguntó Joanne con impaciencia
—. Bueno, me gustaría mucho hablar con ella.

—Hay más. Y algo peor.

—Dígamelo todo, Sr. Dobbs. No me ahorre
nada.

—Bueno, esta Sharon, la camarera, dice que
había una mujer con él en ambas ocasiones.

—¿Ahora lo dice? Es imperativo que hable con
ella.

Dobbs balbuceó un poco, pero consiguió
informar a Joanne de que Sharon se había negado
en redondo a hablar con ella cuando él había
hablado con ella, y que la chica estaba muy
nerviosa y había pasado por un momento
traumático. Dobbs no estaba seguro de que fuera
buena idea intentar hablar con ella.

—Déjeme a mí esta Sharon, señor Dobbs —le
contestó ella—. Me estoy convirtiendo en un
experto en hablar con mujeres que no quieren
hablar conmigo.

—Bueno, yo... yo... no estoy seguro de que sea
una buena idea, en su estado.

—No voy a comérmela Sr. Dobbs, seré tan suave
como un gatito.

Después de canturrear un poco y de muchas
evasivas por parte de Dobbs, que cada minuto que
pasaba era más consciente de que estaba dando la
impresión que quería evitar, aceptó a regañadientes
su plan. Ella vendría al día siguiente y Dobbs

concertaría una cita con Sharon en su despacho y la recepcionista la haría pasar y le diría que había insistido en verle inmediatamente. Entonces él se lo dejaría a ella. A Dobbs no le gustó nada, pero tenía muchas ganas de volver a ver a Joanne Wilson, así que aceptó.

—¿Quiere que le reserve una habitación por una noche? —preguntó con entusiasmo.

—Vaya, Sr. Dobbs, qué amable de su parte. Y yo que pensaba que intentaba evitar que viniera.

—Oh, no, todo lo contrario —soltó Dobbs sin pensar.

—¿Cómo dices?

—Quiero decir que siempre es un gran placer darle la bienvenida al Hotel Carswell Bay, Sra. Wilson.

—Bueno, gracias, Sr. Dobbs, se lo agradezco.

—Voy a seguir adelante y reservar esa habitación entonces, ¿de acuerdo?

—Por favor, hágalo. Y gracias una vez más, Sr. Dobbs. Su servicio al cliente sólo puede ser descrito como excelente.

CAPÍTULO SEIS

AUNQUE ACABABA DE REINCORPORARSE AL TRABAJO, Henry Dobbs solicitó el día libre siguiente. Tal vez porque se ofrecía voluntario para hacer trabajos extra y hacía turnos extra con tanta frecuencia, se le concedió la petición, a pesar de que significaba llamar por teléfono a un encargado que no estuviera de servicio para que le sustituyera en un momento. Al final lo encontraron y Dobbs respiró aliviado. Quería pasar tiempo con la Sra. Wilson ahora que estaba de camino.

A la mañana siguiente, se levantó temprano, cocinó un huevo duro, uno de sus escasos logros culinarios, preparó tostadas y café y observó, agradecido, que el sol brillaba intensamente en el campo que había frente a la ventana de la cocina. Había decidido contarle a Joanne todo lo que sabía hasta el momento, pero esperaba poder llevarla a algún lugar tranquilo y apacible, oh sí y privado, para charlar. Llamó rápidamente a Joanne para saber a qué hora tenía previsto llegar.

—No puedo llegar antes de las tres, Sr. Dobbs —le dijo.

—No hay problema —le aseguró él—. Aunque Sharon sale de servicio a las once, así que tendrá que ser a la mañana siguiente.

—No hay problema, Sr. Dobbs.

—Aunque hay, um, algunas cosas que me gustaría ponerle al día primero.

—¿Qué tipo de cosas?

—Oh, cosas que debería saber —le dijo Dobbs, volviéndose más audaz a cada minuto. —¿Tal vez podría ir a buscarte al hotel a eso de las cuatro?

—¿Y adónde me llevaría, Sr. Dobbs? ¿A ese pequeño lugar que conoce?

Dobbs se sintió de repente incómodo y avergonzado. Dobbs se sintió de repente incómodo y avergonzado. Ella pensó que estaba intentando ligar con ella, supuso, y se aclaró la garganta torpemente sin responder. Finalmente, murmuró algo sobre que era sólo una idea, pero que tal vez ella estaba demasiado ocupada.

—No tengo nada puesto, Sr. Dobbs, en sentido figurado. —Dobbs empezó a darse cuenta de que le estaba tomando el pelo, ¿quizás sabía que se estaba encaprichando de ella? Ese pensamiento le preocupó y alteró su normalmente tranquilo equilibrio.

Después de lo que a Dobbs le pareció un largo e incómodo silencio en el que no sabía qué decir, ella le preguntó si trabajaba hoy.

—No, hoy estoy libre —respondió él con alegría.

—De acuerdo entonces, recógeme a las cuatro, no espera, que sea a las cuatro y media, ¿quieres?

—Bien, nos vemos.

Dobbs volvió a los restos de su desayuno con una sonrisa en la cara y euforia en el rostro. Más tarde estaría con ella y eso era lo único que realmente le importaba. Ahora debía pasar la mañana en el taller, como siempre había pensado hacer, comprobando los progresos de su Escarabajo. Su amigo le había prometido que las nuevas fundas de los asientos estarían listas para hoy y él estaba impaciente por verlas. Hizo una tostada extra, la cubrió generosamente con mantequilla y miel, y volvió a sonreír ampliamente. Las cosas empezaban a salir como esperaba y, en unas horas, estaría en compañía de la Sra. Wilson. Mientras masticaba satisfecho, se dijo a sí mismo que su falta de interés por las mujeres y de ellas por él se debía a que estaba destinado a conocer a la Sra. Wilson y ahora, por fin, había llegado el momento. Debía formular un plan, pero por el momento se limitaría a improvisar.

Joanne Wilson contemplaba un paquete con las pertenencias de su difunto marido que le habían enviado tras su repentina muerte. Por alguna razón se le había olvidado por completo y lo había metido en un armario, con la intención de abrirlo y examinar su contenido al día siguiente. Ahora lo había vuelto a encontrar buscando otra cosa en el armario, frunció el ceño, lo bajó de la estantería y lo llevó con cuidado hasta la cama. Abrió el estuche y sacó cuatro camisas, así como ropa interior sin estrenar. Había cepillos, jabones de afeitar, una cuchilla y un tubo de dentífrico. Puso todos los artículos en una pila ordenada sobre un aparador y volvió a buscar cualquier resto que se le hubiera pasado por alto. Volvió a sentarse en la cama y cogió un periódico viejo y, debajo de él, un pequeño libro rojo.

Joanne volvió a fruncir el ceño. Miró el libro de arriba abajo y finalmente lo abrió. Dentro había una lista con los horarios de las representaciones y unos diagramas que ella identificó como posiciones en el escenario. Joanne sacó el labio inferior y miró la página. No hay nada emocionante aquí, pensó, sólo Jim siendo demasiado quisquilloso sobre los lugares exactos en el escenario que quería que Holly y él ocuparan. Al pasar la página, encontró una lista de números de teléfono que no significaban nada para ella y volvió a pasar la página. Allí, con la letra de Jim, muy quisquillosa y pulcra, había tres nombres: Janice Turner, Holly Roberts y Sharon Jones. Esta vez Joanne frunció el ceño. Holly Roberts le resultaba familiar, pero ¿quiénes eran Janice Turner y Sharon Jones? No lo sabía, pero una vez más se propuso averiguarlo.

No había mucho más en el libro, aunque esta vez Joanne lo examinó detenidamente antes de dejarlo. Había una referencia al agente de Jim y a su número de teléfono, pero eso era todo. Joanne suspiró, sacudió la cabeza y se acercó a su espejo de cuerpo entero para comprobar su aspecto. Se había vestido elegantemente con un traje azul oscuro de falda entallada y un pequeño pañuelo gris. Llevaba el cabello bien peinado y asintió con la cabeza en señal de aprobación.

Era hora de conducir hasta el sur de Gales y, aunque había salido mucho más tarde de lo previsto, estaba segura de que podría llegar antes de las cuatro de la tarde. Eso le daría tiempo para lavarse, refrescarse y lucir lo mejor posible. No es que tuviera ningún deseo de complacer al escarpado señor Dobbs, pero sabía lo que él sentía por ella después de haber notado en varias ocasiones la forma en que la miraba. Bien, entonces le daría algo que mirar y eso le facilitaría conseguir su ayuda si alguna vez llegaba a necesitarla. Y podría necesitarla, ¿quién sabía? Había algo raro en las tres mujeres cuyos nombres había visto en el libro y, según sospechaba, todas sabían algo sobre la repentina muerte de su marido. A Dobbs le vendría bien soltarles la lengua si había algo que no le estaban contando, y estaba convencida de que así era. Todo transcurrió según lo previsto. Tuvo un viaje relativamente sencillo hasta Gales y se alojó en el Hotel Carswell Bay a las cuatro menos diez. Se lavó, se maquilló la cara y se pintó los labios generosamente. Se sentía bien. A las cuatro y media en punto, Henry Dobbs llamó a su puerta. Ella abrió y le dedicó una sonrisa radiante.

—Vaya, Sr. Dobbs, justo a tiempo, al segundo.

—Hola, Sra. Wilson, espero que se encuentre bien.

—Me siento absolutamente sensacional — respondió Joanne, decidida a molestar un poco a Dobbs ahora que estaba aquí—. Entre, Sr. Dobbs.

Dobbs entró tímidamente y fue invitado a sentarse. Joanne no perdió el tiempo y fue directa al grano. Había encontrado tres nombres en el cuaderno de su marido, uno de los cuales conocía bastante bien por su nombre, pero estaba ansiosa por averiguar todo lo que pudiera sobre los otros dos. Le leyó los nombres.

—Bueno, nunca he oído hablar de Janice Turner —respondió un sorprendido Dobbs—, pero Sharon Jones es el nombre de la camarera que encontró el cadáver de su marido. La que le mencioné.

—¿Su camarera? —Joanne estalló en voz alta—. Esto se pone cada vez más intrigante.

—Debe ser un error —protestó Dobbs—. Es una chica tranquila y nerviosa que limpiaba su habitación todas las mañanas. No podrían haberse conocido en otras circunstancias.

—Aquí está la prueba —insistió Joanne, mostrándole a Dobbs la anotación del cuaderno.

—No puedo creerlo —declaró Dobbs, confundido—. Quizá puso su nombre en la libreta para acordarse de darle propina cuando se fuera.

—¿Quién diablos da propina a las camareras hoy en día?

Dobbs tuvo que admitir que era muy poco probable. Joanne se dio cuenta de su expresión nerviosa y le dijo que no se preocupara por eso, que lo arreglaría con Sharon a la mañana siguiente. Dijo que llegaría al fondo de este asunto, aunque fuera lo último, lo hizo pero Dobbs movía la cabeza de forma confusa. Joanne mantuvo la calma. Todo iría bien en su despacho mañana por la mañana, le dijo, pero eso no tranquilizó en absoluto a Dobbs.

—Por ahora, sin embargo —anunció con calma —, debemos ir pensando en una visita a su pequeño local, señor Dobbs.

—Sí, podemos ir a almorzar tarde o a cenar temprano —le dijo. Dobbs sonrió nerviosamente—. Creo que te gustará.

—¿Vamos en tu viejo Escarabajo? —preguntó Joanne frunciendo el ceño.

—Es el único coche que tengo —se disculpó.

—Sí, bueno mira, déjame llevarte en mi Mini hoy, es hora de que te devuelva algo de tu hospitalidad.

Dobbs se dirigió al Mini Cooper de Joanne y se sentó en el asiento del copiloto. Joanne arrancó el motor y los condujo a su casa. Resultó ser un pequeño restaurante que era una especie de cruce entre un bistró y una cafetería de calle: Mesas cubiertas de manteles de cuadros rojos con velas encima y luz brillante procedente de grandes ventanas emplomadas. Joanne prefirió una mesa bajo una ventana y allí fue donde las sentó la camarera que se les acercó. Joanne miró a su alrededor y decidió que le gustaba bastante. Dobbs le preguntó qué le apetecía y pidió dos platos de la carta. Su conversación consistió principalmente en que Joanne hacía preguntas y Dobbs las respondía lo mejor que podía. A continuación, le mostró el pintalabios que había encontrado. Joanne lo giró una y otra vez, inspeccionándolo con gran concentración.

—Creo que perteneció a esa chica Holly —dijo, mirándolo con un poco de desagrado—. Es el tipo de color que creo que ella usaría.

—¿Lo crees?

—Lo creo. Sabes, no confío en esa chica y creo que fue muy poco honesta cuando hablé con ella.

—En serio, ¿qué vas a hacer?

—Me encargaré de ella, no te preocupes. En cuanto vuelva a Windsor.

Estaban disfrutando de medallones de cerdo en una salsa bastante sabrosa con patatas nuevas y verduras, por lo que la conversación era algo fragmentada y desigual. Joanne quería saber todo lo posible sobre Sharon Jones antes de conocerla al día siguiente, pero Dobbs no pudo ofrecer mucho más que una descripción de ella como una chica de estatura media, rubia oscura y bastante guapa en un sentido ligeramente maquillado.

—En otras palabras, justo el tipo de criatura sobre la que se abalanzaría mi difunto marido.

Dobbs pareció incómodo antes de murmurar en voz baja que siempre le había parecido una buena trabajadora y que se había disgustado mucho cuando descubrió su cadáver.

—Bien podría estarlo, señor Dobbs —alegó Joanne en voz baja—. Y especialmente si acababa de ser su amante la noche anterior.

—Oh, no puedo creer que eso sea posible —respondió Dobbs, mirando nerviosamente la cara de Joanne.

—Bueno, veamos lo que tenemos hasta ahora —dijo Joanne, haciéndose cargo—. Había una mujer en su habitación la noche que murió, muy probablemente Holly Roberts, podemos estar bastante seguros de ello por el pintalabios. Conocía a Sharon Jones y se había puesto en contacto con ella, probablemente dos o tres noches antes de morir. Si no, ¿por qué escribiría su nombre en el cuaderno?

Dobbs movió la cabeza negativamente. No le gustaba el cariz que estaba tomando la conversación y no era su idea de un almuerzo agradable con Joanne Wilson. Él le dijo que comprendía su punto de vista, pero que le resultaba difícil creer que Sharon tuviera algún tipo de relación con Wilson.

—Ya lo veremos, Sr. Dobbs. Todo se sabrá mañana por la mañana. —Joanne le sonrió.

—Sí, supongo. Pero será amable con ella, ¿verdad? Lo ha pasado muy mal.

—Ella y yo, Sr. Dobbs. Ella y yo. —Joanne Wilson enarcó una ceja y miró a Dobbs con una de sus penetrantes miradas.

CAPÍTULO SIETE

A LA MAÑANA SIGUIENTE, HENRY DOBBS ENTRÓ A trabajar una hora antes de su hora de salida. Hizo su ronda, comprobando que todo iba bien en todos los lugares: Recepción, restaurante y cocina, y recorrió los pisos de los tres niveles que albergaban las habitaciones de los huéspedes. Todo iba bien, como de costumbre, pero se sentía inquieto. Caminó a paso ligero hasta la recepción y se encontró con Alec Blaine, el joven jefe de servicio que acababa de salir.

—Voy a fumar un cigarrillo antes de que empiece todo aquí —le dijo a Dobbs—. ¿Quieres acompañarme?

—Creía que te habías ido a casa —comentó Dobbs.

—Eso quisiera. Tengo que ponerme al día con un montón de papeleo.

Dobbs puso mala cara. Salió con su colega pensando que ocuparía el despacho del director y eso interferiría en sus planes y los de Joanne Wilson. Henry Dobbs casi nunca fumaba, pero se le podía torcer el brazo muy fácilmente. Aceptó un cigarrillo, lo encendió y los dos hombres se dirigieron al parque situado detrás del ala principal del hotel. Dobbs preguntó a Blaine si pensaba utilizar la oficina la mayor parte de la mañana.

—No, no más de una hora, amigo. Quiero llegar a casa.

—Oh, eso es bueno porque lo necesitaré más tarde.

—No tiene nada que ver con esa mujer Wilson, ¿verdad? —Me di cuenta de que estaba aquí ayer.

—Sólo estoy resolviendo un pequeño asunto para ella —respondió Dobbs, tratando de sonar casual—. Debes tener cuidado, amigo —aconsejó Blaine—. Yo que tú me mantendría alejado de ella.

—La pobre acaba de perder a su marido —murmuró Dobbs, algo irritado—. Sólo trato de ayudar.

—No es buena idea, amigo. Ha estado husmeando por aquí antes de hoy.

—¿Y qué? Dobbs desafió.

—Buscará a alguien a quien culpar —declaró

Blaine, beligerante—. Y cuando no encuentre a nadie, culpará al hotel.

—¡Oh, tonterías! —gritó Dobbs mientras empezaba a caminar por el lateral del hotel hacia la parte trasera del edificio principal. Blaine le siguió y ambos se detuvieron ante una puerta al final del edificio y terminaron sus cigarrillos.

—Lo hará —continuó Blaine—. Y tú quedarás atrapado justo en medio de todo.

Dobbs estaba a punto de responder con enfado, pero su atención se centró en la puerta en la que se encontraban. Cogió el picaporte y la puerta se abrió. Miró al otro hombre, con una expresión de sorpresa en el rostro. Cuánto tiempo llevaba la puerta abierta, se preguntó en voz alta.

—Regístreme.

—Debería estar cerrada en todo momento.

—Mejor hazlo entonces, muchacho. Tú estás de servicio ahora, no yo.

Dobbs le dirigió una mirada fulminante, apagó el cigarrillo y caminó rápidamente hacia la entrada del hotel. Cogió su juego de llaves maestras, caminó por el pasillo hasta la puerta y la cerró. Blaine seguía fumando. Dobbs negó con la cabeza. No sabía quién era el responsable de no haber cerrado la puerta, pero lo que más le preocupaba era cuánto tiempo había permanecido abierta. ¿Y si llevaba abierta dos o tres meses? Nadie, ni siquiera él mismo, la había comprobado nunca. Tal vez incluso estuviera abierta la noche en que Wilson murió, y cualquiera que visitara su habitación podría haber salido por esa puerta y no haber sido visto. Sin embargo, Dobbs no quería pensar en eso.

Volvió por el pasillo y entró en el restaurante. Jean era la única camarera a la vista, y él le pidió una taza de café y cogió un periódico de la pequeña pila que había en una mesa auxiliar para que los clientes se sirvieran. Pasó un rato leyendo y bebiendo y luego entró en el restaurante y discutió los menús con Steve durante unos diez minutos. Esperaba su momento, pues aún era temprano y, al final, vio a Blaine salir de la oficina y luego del hotel. Ahora estaba libre para su uso.

Dobbs subió las escaleras y recorrió el pasillo donde trabajaba Sharon Jones. La vio en una habitación con la puerta abierta de par en par y la oyó cantar una canción popular del momento mientras pasaba una aspiradora por la alfombra. Parece bastante feliz y despreocupada, pensó él, mientras se acercaba detrás de ella, sin ningún estado de depresión o preocupación por sus recientes experiencias traumáticas.

La llamó por su nombre.

—Oh, Sr. Dobbs, me ha hecho saltar.

—Lo siento, Sharon, ven a mi oficina, me gustaría hablar contigo.

—Todavía tengo muchas habitaciones que hacer,

Sr. Dobbs. —Sharon frunció el ceño y se enfrentó a él.

—Sí, bueno, déjalas por ahora. Quiero hablar contigo.

Sharon siguió a Dobbs escaleras abajo, con aire aprensivo. Notó la expresión seria en el rostro de Dobbs y se preocupó. Abrió la puerta de su despacho, le hizo un gesto para que entrara y le indicó que se sentara, en lugar de invitarla. Se sentó frente a ella.

—¿Qué he hecho ahora, señor Dobbs? —preguntó ella con nerviosismo.

—Eso es lo que hemos venido a averiguar —empezó él—. ¿Conocía bien al Sr. Wilson, el hombre que murió?

—No lo conocía de nada —respondió Sharon agitada.

—Pero, ¿lo conoció días antes de descubrir su cadáver?

—No, señor, no, sólo le vi salir de su habitación para desayunar los días anteriores a su muerte. Y en el bar con esa chica. —A Sharon le tembló el labio y parecía a punto de echarse a llorar.

—Entonces, ¿cómo explicas que tu nombre estuviera escrito en su cuaderno, Sharon? —preguntó Dobbs en tono de interrogatorio.

Esta vez el labio tembló considerablemente y Sharon comenzó a llorar. Sacó un pañuelo de papel de su delantal y se echó a llorar ruidosamente.

Dobbs se quedó inmóvil y la dejó llorar, y sólo cuando se detuvo y se secó la cara, le habló.

—Espero una explicación, Sharon —le dijo suavemente.

—Por favor, Sr. Dobbs, déjeme en paz —le pidió la mujer—. Todavía no estoy bien. —Como para reforzar su argumento, las manos de Sharon empezaron a crisparse en su regazo y parecía muy incómoda. Dobbs le dijo con suavidad, pero con firmeza que debía tener una respuesta.

—No lo sé, Sr. Dobbs. ¡¿Cómo voy a saber por qué ese hombre puso mi nombre en su cuaderno?! —gritó Sharon furiosa, con la voz ronca y vacilante.

—Oh, yo creo que sí lo sabes, Sharon.

Sharon negó con la cabeza y siguió llorando. Dobbs se levantó, caminó hasta donde ella estaba sentada y se dejó caer en una silla a su lado. Volvió a decirle, con suavidad, que necesitaba saberlo y, aunque ella seguía moviendo la cabeza negativamente, él insistió.

—Lo sabes, Sharon, claro que lo sabes. ¿Cómo podría tener tu nombre si tú no se lo diste?

—No, Sr. Dobbs, no lo sé, por favor, por favor —resopló ella, derramó nuevas lágrimas y lo miró con sus grandes y atractivos ojos azules—. No puedo decirle nada.

—Sí, puedes y debes, Sharon. Yo te cuidé cuando estabas enferma, pero ahora estás bien y debes decirme la verdad.

—Me habló el miércoles por la noche en el bar —soltó ella al fin en un suave susurro casi silencioso y miró al suelo, lejos de Dobbs.

—¿Y qué te dijo? —preguntó Dobbs con voz tranquila y amable.

Sharon se tomó su tiempo. Cuando habló, la voz era igual de tranquila y diminuta, y le temblaban las manos. Seguía mirando hacia abajo sin mirar a Dobbs.

—Dijo que yo era muy guapa y que me harían buenas fotos. Dijo que tenía un amigo que podría conseguirme trabajo como modelo y me pidió una foto y mi nombre.

Miró a Dobbs brevemente, de forma atractiva, y luego volvió a bajar la vista. Dobbs permaneció en silencio, mirándola. Ella seguía sollozando intermitentemente y resoplando con fuerza.

—Así que, a la noche siguiente le llevé una foto, como habíamos quedado, y le di mi nombre.

—¿Y eso fue todo?

—Sí, Sr. Dobbs, y no lo volví a ver hasta… ya sabe, en su habitación.

—¿Por qué no me dijo todo esto cuando le pregunté?

—Estaba avergonzada. Pensé que él… no sé.

—¿Qué?

—Pensé que podría ser dudoso, ¿sabes?

—¿En qué sentido?

—Pensé que podría tratar de llevarme a su habitación.

—¿Y trató de llevarte a su habitación, Sharon? —preguntó una voz desde el fondo de la oficina.

Sharon y Dobbs se giraron para ver a Joanne Wilson, que había entrado silenciosamente en la habitación y debía de estar de pie al fondo, sin ser oída ni vista, escuchando. Sharon emitió un pequeño grito e inmediatamente se echó a llorar de nuevo, temblando convulsivamente esta vez. Dobbs se quedó sentado, mirando en silencio a Joanne, que permanecía donde estaba.

—Responde a la pregunta, Sharon —pidió Joanne con voz tranquila pero firme—. Responde a la pregunta.

CAPÍTULO OCHO

A DOBBS NO LE GUSTABA CÓMO SE ESTABAN desarrollando los acontecimientos. Tenía a una camarera sentada frente a él llorando a mares, un minuto resoplando y otro jadeando, y a la señora Wilson, tan bien vestida como de costumbre, de pie en la puerta mirando a Sharon. Carraspeó ruidosamente y miró primero a la llorosa Sharon y luego a Joanne. Ésta avanzó de repente, con gran agilidad, y no tardó en sentarse frente a Sharon. Volvió a repetir su pregunta y añadió que esperaba una respuesta. Se hablaba de su marido. Sharon miró a Dobbs con el rostro cubierto de lágrimas y se quejó de que le hubiera dicho que no tenía que hablar con la señora Wilson.

—Pues yo no la oí llamar y no le dije que pasara

—se quejó Dobbs, sin dejar de mirar significativamente a Joanne.

Joanne le ignoró y volvió a preguntar a Sharon. Le dijo que estaba intentando averiguar todo lo posible sobre la muerte de su marido y que ella podría serle de gran ayuda. Quería ser útil, ¿verdad?

—No veo cómo —se quejó Sharon con voz triste de niña pequeña—, y no, no me acerqué a su habitación.

Joanne puso mala cara. ¿Esperaba que se lo creyera? ¿Y qué era eso de darle una foto y su nombre?

Sharon empezó a llorar de nuevo y se interrumpió de repente para decir que era verdad, cada palabra.

—No te creo —respondió Joanne—. ¿Crees que soy tonta?

—Vamos a calmarnos y a empezar de nuevo —pidió Henry, descontento por la forma en que las dos mujeres discutían. Sharon le dijo que había dicho la verdad y que nunca la habían acusado de mentir. En cualquier caso, aún sentía los efectos de la conmoción que le produjo descubrir al Sr. Wilson aquel día y que debían dejarla en paz y no interrogarla. Joanne, sin embargo, la interrogó detenidamente sobre sus movimientos en las noches anteriores a la muerte de Wilson, pero la chica se atuvo estrictamente a su historia de que sólo le habían pedido una foto y no podía ser descubierta.

—No creo ni una palabra de lo que has dicho —le dijo Joanne a Sharon.

—Por favor, señora —insistió Sharon—. Ya he tenido suficiente de esto, me voy.

Sharon se levantó, se sintió maltratada y, cada vez más indignada, salió de la oficina antes de que Joanne o Dobbs pudieran detenerla.

—Esa chica es una mentirosa —pronunció Joanne con enfado.

—¿Cómo puedes estar tan segura?

—Oh, no hay más que verla. ¿Te imaginas a algún hombre queriendo hacerle fotos o empleándola como modelo?

—Es bastante guapa —dijo Dobbs de forma tentativa.

—De una manera dura y maquillada. No, Sr. Dobbs, nos está engañando. Está muy involucrada en lo que le pasó a Jim esa noche, y tengo la intención de averiguar exactamente lo que hizo.

Dobbs pensó que Joanne había manejado muy mal la situación, pero no estaba dispuesto a decirlo, se encontraba cada vez más bajo su hechizo a medida que el enamoramiento crecía y la perspectiva de pasar tiempo con ella regularmente parecía tan distante e improbable como siempre. Le pregunto si tenía algún plan para esa noche y ella le dijo que tenía que volver a Windsor. Dobbs pareció cabizbajo en cuanto habló.

—Creo que pasaré una noche más aquí —murmuró en tono reflexivo—. Realmente no siento que haya descubierto mucho una vez más.

—Bueno, termino mi turno a las siete —exclamó Dobbs con entusiasmo—. ¿Me permites que te lleve a cenar?

—¿Conoce otro lugarcito, señor Dobbs? —Joanne lo miró con su enigmática sonrisa.

—Hay un pequeño restaurante francés bastante bueno, si le apetece, quiero decir, si considerara… —Dobbs soltó, nervioso, como se encontró de repente—. Quiero decir que me encantaría llevarte allí.

—Como dije, debo ir a casa, pero aún hay muchas preguntas sin respuesta.

—¿Si puedo ser de más ayuda? —Dobbs se ofreció torpemente.

—De acuerdo, Sr. Dobbs. ¿Podría recogerme a las siete y cuarto?

Dobbs pudo. Dobbs sonrió satisfecho. Dobbs estaba eufórico. Prometió que llamaría a la puerta de Joanne a las siete y cuarto en punto y la acompañaría al pequeño restaurante. Joanne se marchó y él empezó a ordenar unos papeles, de repente contento y de buen humor, hasta que se le ocurrió que la cena sería su última oportunidad de pasar tiempo con Joanne, a menos que encontrara más razones para retenerla en Gales. No podía y sabía que no podía. Salió de su despacho y subió a la primera planta del hotel. Cuando encontró la habitación donde trabajaba Sharon, se sintió aliviado de que no se hubiera marchado a casa enfadada, pero no tanto de que ya no cantara, sino que trabajara metódicamente con una expresión sombría en su joven rostro. Cerró la puerta y se sentó en la cama. Invitó a Sharon a dejar de trabajar un momento y sentarse.

—¿Qué ocurre, señor Dobbs? —preguntó ella con inquietud, acercándose lentamente a una silla y sentándose.

—Piensa muy bien antes de contestar, Sharon —invitó Dobbs—. Aparte de las tareas de limpieza y el descubrimiento de su cadáver, ¿entró alguna vez en la habitación del Sr. Wilson?

—Sólo una vez —dijo Sharon a un sorprendido Dobbs—. Cuando le llevé la foto, no estaba en el bar. Así que subí y llamé a su puerta. Me invitó a pasar, entré y anotó mi nombre, me dio una tarjeta con su nombre y su número de teléfono y me dijo que se pondría en contacto conmigo muy pronto, por lo de las fotos de modelo.

—Entonces, ¿por qué no se lo dijo a la Sra. Wilson?

—Intentaba intimidarme, señor Dobbs —se quejó Sharon con amargura—. Odio a ese tipo de mujer y no iba a darle esa satisfacción.

—Acaba de perder a su marido, Sharon. Deberías ser más comprensiva. —Dobbs sacudió la cabeza, irritado.

—No iba a dejarme intimidar por ella ni por sus tácticas prepotentes, tratando de hacerse la pija y enseñorearse de mí. Conozco su tipo. Y su marido no era mejor de lo que debería ser—. Sharon resopló.

—¿Qué quieres decir con eso Sharon?

—Nada.

—¿Sharon?

—No diré nada más. Ni aunque me tortures.

A Sharon le temblaban los labios y Dobbs vio que estaba a punto de echarse a llorar otra vez. Decidió que no podía sacarle nada más y la dejó después de decirle que estaba decepcionado por su actitud y que la vigilaría en el futuro. Mientras seguía trabajando en su turno de ese día, le dio vueltas a varias cosas en su cabeza en relación con Joanne y Sharon y decidió que no mencionaría esta última conversación a la mujer que ahora ocupaba la mayor parte de sus pensamientos. Decidió que no se podía confiar plenamente en Sharon, pero, por otra parte, Joanne Wilson estaba decidida a averiguar qué le había ocurrido a su marido y que más encuentros entre ella y Sharon Jones sólo resultarían amargos y, casi con toda seguridad, improductivos. Y él sólo quería una cena tranquila con ella y la oportunidad de impresionarla y disfrutar de su compañía. Incluso podría abordar el tema de lo que sentía por ella y tantear el terreno para una futura relación.

Justo antes de salir de servicio, se produjo un altercado en la recepción y llamaron a Henry para que lo solucionara. La reserva de una mujer se había extraviado y el hotel estaba completo. La recepcionista, una chica tímida llamada Jilly, parecía muy disgustada y algo culpable. Al parecer, no había anotado el nombre de la mujer y ahora no quedaba ninguna habitación libre.

—Lo siento mucho, Sr. Dobbs, nunca había hecho nada parecido.

—Ponla en la cuarenta y cinco, Jilly. —Dobbs sonrió torcidamente.

—¿En serio?

—Bueno, está vacía, limpia y lista. Ponla ahí.

—Gracias, Sr. Dobbs —dijo Jilly, con una sonrisa.

Dobbs se sentía más ligero y feliz en ese momento mientras subía la escalera en dirección a la habitación de Joanne Wilson. De todos modos, ya era hora de volver a utilizar la habitación. A las siete y veinte exactamente según su reloj, llamó a la puerta de Joanne y ella le abrió de inmediato, una visión para él, de tonos azul real y azul bebé, así como con el cabello peinado hasta los hombros y brillante como el cabello de una chica de diecinueve años. Dobbs le dijo que estaba estupenda y luego se sonrojó por su propia temeridad.

—Gracias, señor Dobbs. ¿Nos vamos?

Salieron al aparcamiento y Dobbs abrió la puerta del acompañante de su Escarabajo recién limpiado. Joanne puso mala cara y dudó antes de subir.

—Tiene fundas de asiento nuevas —le dijo con orgullo.

—Ya veo. Pero, ¿son menos duras en la parte posterior?

Dobbs volvió a sonrojarse. Le aseguró que conduciría despacio y con cuidado, evitando los baches de la carretera. Joanne se limitó a negar con la cabeza y a sonreír mientras él arrancaba el motor y se dirigían hacia High Street. El restaurante francés fue un éxito, a Joanne le encantó en cuanto entró por la puerta, y les indicaron una mesa con ventana.

Pronto estaban comiendo sopa de cebolla francesa con pan francés, o algo con un sabor muy parecido al auténtico, y Joanne repasaba lo que había aprendido y lo mucho que seguía siendo un misterio.

—Obtienes la respuesta a una pregunta e inmediatamente surge otra —se quejó entre lentos bocados de sopa.

—¿Te refieres a hablar con Sharon?

—Bueno, pensaba más en Holly Roberts, pero sí, se aplica igualmente a esa tal Sharon.

—Déjame hablar con ella y averiguar poco a

poco lo que le pasó, a lo largo de un periodo de tiempo.

—¿De verdad crees que puedes? —preguntó Joanne, con cara de duda.

—Creo que sí —respondió Dobbs—. Entonces puedo llamarte por teléfono para informarte de vez en cuando.

—Acaba de ponerse en su contra, señora Wilson. —Joanne sonrió, tomó un sorbo de vino y le dijo que era muy amable de su parte. Dobbs sólo quería ser útil, le dijo, y como estaba en el punto de mira, seguiría haciéndolo hasta conseguir su objetivo. Creía, con respeto, que más intentos de Joanne por sonsacarle información a Sharon serían infructuosos.

—Es porque es culpable, Sr. Dobbs.

—Lo averiguaré. Todo a su tiempo.

Su siguiente plato llegó, un plato de cerdo con una salsa de champiñones espesa y cremosa y verduras verdes. Joanne lo probó y asintió con la cabeza, felicitando a Dobbs por la elección del restaurante. Dobbs sonrió.

—Y ya que estamos, dejemos este asunto del señor y la señora. Me llamo Joanne.

—El mío es Henry. —Dobbs sonreía satisfecho como un gato de Cheshire.

—Oh querido, ¿lo es? No importa, te llamaré Henry de todos modos.

Ambos se sentían cálidos y apacibles hacia el final de la comida.

Joanne comentó que el plato principal estaba delicioso, y que también era una de las mejores sopas de cebolla que había probado. La *crème brûlée* no estaba tan crujiente como podría haber estado, pero era suficientemente sabrosa. Dobbs pidió un café y le dijo a Joanne que era una de las pocas veces que desearía que aún estuviera permitido encender un cigarrillo.

—Fumar es un hábito asqueroso, señor, quiero decir, Henry.

—Sí, supongo que lo es.

Mientras bebían café y comían pequeñas galletas, Joanne se dio cuenta de que Dobbs tenía los ojos un poco húmedos, como si estuviera pensando profundamente en algo. Ella supuso que estaba a punto de decir algo y empezó a sentirse un poco incómoda. De repente, él le dijo que estaría encantado de mantenerla al corriente de sus progresos por teléfono, pero se preguntó si eso sería suficiente. Ella le aseguró que sí.

—Es que pronto tendré un par de semanas de vacaciones —empezó a decir tímidamente.

—Eso está bien.

—Sí, y se me ocurrió que me gustaría ir a Londres y tal vez, si lo hago, podría buscarte y tal vez llevarte a un teatro y cenar después, ¿sabes? Me gustaría mantener el contacto.

Dobbs respiró hondo. Se había sorprendido a sí mismo al soltar aquel pequeño discurso y nunca pensó que lo diría todo. Joanne tenía una expresión muy seria.

—No creo que sea una buena idea, Henry.

—¿No?

—Mira, mi marido y yo no compartimos un matrimonio pasional, ni mucho menos, pero es bastante pronto después de su muerte para estar pensando en salir con alguien más.

—No, lo siento, ha sido una desconsideración por mi parte, debería haberlo tenido en cuenta. — Dobbs estaba cabizbajo y aunque intentó no demostrarlo, estaba casi seguro de que su expresión le había delatado.

—Por favor, no te disculpes, Henry, me siento halagada. Fue bueno de tu parte. Sólo tengo que concentrarme en ser una viuda afligida por ahora. —Joanne sonrió ampliamente.

Dobbs sonrió y asintió.

—Al menos por poco tiempo.

Henry hizo una seña al camarero y pagó la cuenta en silencio, terminándose el café y sonriendo a Joanne cada vez que le llamaba la atención.

—¿Seguimos siendo buenos amigos?

—Oh, sí, seguimos siendo buenos amigos.

CAPÍTULO NUEVE

HABÍA SIDO UNA VELADA MARAVILLOSA, DE ESO NO cabía duda, y se había marcado un *hat-trick* con la elección del restaurante y la comida, pero el final del día le había golpeado como un martillazo. Henry Dobbs pensó en lo descuidado que había sido y en lo tonto que había sido al elegir el momento equivocado para intentar entablar una relación con la encantadora Joanne Wilson. Si hubiera tenido algo de sentido común o juicio, lo habría dejado por lo menos un mes más, posiblemente incluso dos. Ahora podría haber acabado con cualquier posibilidad que tuviera de llegar a conocer a la Sra. Wilson.

Henry condujo despacio hasta el Hotel Carswell Bay y habló muy poco. Joanne volvió a darle las gracias y le felicitó por el restaurante que había elegido. Dobbs se dio cuenta de que Joanne Wilson estaba siendo muy educada y amable por lo que había perdido su actitud ligeramente burlona hacia él. A Dobbs no le gustó nada. Mientras ella lo había estado regañando, burlándose de él y, en general, bromeando con él, él se había sentido cercano a ella. Ahora sentía un frío glacial, como si de repente ella lo hubiera excluido de su vida, aunque, tenía que admitirlo, nunca había estado realmente en ella. Dobbs conducía muy despacio y con mucho cuidado, intentando evitar todos los baches y superficies irregulares que la dura y antigua suspensión del Escarabajo siempre acentuaba.

—Bueno, ha sido una velada realmente buena —susurró Joanne con aire soñador, mientras él giraba hacia la zona de aparcamiento frente al hotel.

—Me alegro de que te haya gustado —le contestó Dobbs en voz baja.

—¿Está usted de servicio mañana señor... quiero decir, Henry?

—Sí, a primera hora de la mañana.

—Ah. Y yo vuelvo a Windsor.

—Sí.

—Aun así, estaremos en contacto, por teléfono, ¿no?

—Oh, sí, te mantendré informado de mis progresos con Sharon.

—Buenas noches, Henry. Y gracias una vez más.

—Buenas noches, Joanne.

Henry saltó del coche y se apresuró a abrirle la puerta, pero ella era muy ágil y había desaparecido por los escalones de la puerta principal casi antes de que él llegara. La siguió con aire melancólico y se dirigió a la pequeña habitación que tenía asignada cuando estaba de servicio o a punto de comenzarlo. La pequeña habitación de servicio era fría y sombría, pero tenía un minibar. Se sirvió un *whisky* doble y se sentó en la cama. Sorbió el *whisky* y miró a su alrededor, pero lo único que vio fue la cara de Joanne delante de él, no la cara fría y simpática que había visto en el coche hacía unos minutos, sino la cara sonriente y ligeramente burlona con los ojos centelleantes a la que se había acostumbrado. Ese era el rostro que había esperado encontrar durante cuarenta y siete años. Y ahora se le escapaba. Se levantó, abrió la ventana, buscó un cigarrillo, lo encendió y volvió a sentarse en la cama. Miró fijamente a la pared que tenía delante, pero de nuevo sólo vio la cara de Joanne sonriéndole descaradamente. Era doloroso. Henry Dobbs se había enamorado.

Desde su casa de Windsor hasta el teatro del Támesis donde se representaba la nueva obra había un trayecto relativamente corto. Joanne tomó la ruta campo a través, se lo tomó con calma y sabía que llegaría a tiempo para la representación de la matiné. Además, hacía un buen día, con sol intermitente, y eso siempre ayudaba a animarla y a esperar con ilusión las dos o tres horas siguientes. Había sido toda una sorpresa recibir la invitación.

Joanne no se esperaba el resultado de su segundo intento, ya que recordaba el disgusto que había pasado al intentar ponerse en contacto con Holly Roberts y concertar una cita. Consiguió hablar por teléfono enseguida y reconoció la voz de Holly. Cuando sugirió en voz baja que quería hablar con Holly para aclarar varias cosas que habían salido a la luz, se sorprendió al oír que la joven aceptaba inmediatamente e incluso le sugería que fuera al teatro donde actuaba. Holly había conseguido un papel bastante bueno en una nueva obra que se estrenaba en un teatro local y había muchas posibilidades, tal como estaban las cosas, de que se trasladara al West End de Londres. Holly se sentía bastante satisfecha de sí misma, concluyó Joanne, y ésa era la razón de su alegre disposición a quedar. Si Joanne no podía asistir a las funciones del miércoles o el jueves por la noche, había una matiné el sábado a las dos. ¿Querría Joanne asistir? Joanne sí. ¿Y las dos podrían ir al bar después de la función para charlar tranquilamente si eso le parecía bien a Joanne? Eso le convenía a Joanne. Y por supuesto, ella debía venir a la obra como invitada de Holly y no se aceptaría ninguna protesta.

Joanne conocía bien el teatro, ya que Jim y ella habían ido de vez en cuando en los años más pacíficos de su matrimonio. Estaba situado junto al Támesis y era de estructura moderna, construido alrededor de un antiguo molino harinero. Con cada entrada se incluía el almuerzo o la cena y Joanne se encontró comiendo en solitario rodeada por todas partes de parejas de distintas edades. Después de un almuerzo y un café aceptables, se dirigió al teatro y tomó asiento en el auditorio semicircular.

La obra era bastante buena, una comedia dramática sobre una pareja de mediana edad hasta entonces devota y trastornada por la llegada y el comportamiento coqueto de una joven y guapa *au pair*. Holly interpretó a la joven y estuvo bastante bien en su papel de destructora del matrimonio, lo que hizo que Joanne sonriera y pensara que había sido cuidadosamente seleccionada para el papel. La chica sabía actuar, de eso no cabía duda, admitió Joanne, pues disfrutaba con el drama y si Jim la había ayudado con el ritmo de la comedia debía de ser por eso por lo que estaba tan dispuesta a trabajar con él. Pero eso no era todo, ¿verdad? Ciertamente, Joanne sabía que tenía que mantener la mente abierta y un buen sentido del equilibrio si quería desentrañar lo que realmente había sucedido y qué papel habían desempeñado chicas como

Holly y Sharon en la muerte prematura de Jim Wilson.

Después de la obra, de la que había disfrutado mucho, Joanne fue al bar y se quedó tomando una taza de capuchino, mirando hacia el río mientras el sol brillaba en el campo y los arbustos bajo un cielo azul despejado. Sabía que la espera iba a ser larga, ya que Holly tenía que quitarse el maquillaje y el traje antes de reunirse con ella.

Cuando Holly por fin salió corriendo, Joanne se sorprendió al verla con el rostro fresco, casi radiante, con el pelo castaño claro suelto que le llegaba hasta los hombros y cómodamente ataviada con unos vaqueros ajustados y una camisa blanca brillante. Había tenido un aspecto glamuroso en el escenario, pero lo era aún más con su ropa informal y su pelo alborotado. Y esos ojos verdes brillantes estarían volviendo locos a muchos hombres.

—Lo siento —dijo ella—, se tarda mucho en el camerino con cuerpos por todas partes y nunca hay suficientes espejos.

—No te preocupes —le dijo Joanne, con una sonrisa—. Es idílico sentarse aquí en un día como hoy.

Holly se tumbó junto a Joanne y pidió un *whisky* y un café e insistió en invitar a Joanne a lo mismo, aunque ella sólo aceptó una segunda taza de capuchino.

—Gracias por el espectáculo, lo he disfrutado mucho —continuó Joanne.

—De nada —respondió Holly muy risueña.

—Y eres una joven mucho más brillante y feliz que la que conocí hace un par de semanas.

—Como creo que le dije la última vez, sé cómo era él. —La sonrisa de Holly se transformó en una expresión de seriedad. Le dijo a Joanne que le preocupaba que pudiera culparla por la forma en que se había comportado su marido o pensar que ella le animaba de alguna manera. Joanne negó con la cabeza.

—Sí, pero la última vez no fui del todo sincera contigo —confesó Holly después de dar un sorbo a su café.

—¿No?

—No. Y aunque le debo mucho en mi profesión por su ayuda y sus consejos, quiero ser brutalmente sincera contigo. Te lo mereces.

—¿Brutalmente sincera?

—Lo que te dije la última vez sobre resistirme a él cada vez que me lo probaba era cierto. Pero poco después de conocerle, hace un par de años, me encontré en una situación comprometida con él.

—¿De verdad?

—Me invitó a subir a su habitación de hotel y me dijo que quería darme algunos consejos sobre la puesta en escena y, ansiosa y supongo que algo ingenua, fui. Me pidió un beso y, aunque le dije que no, siguió insistiendo y al final cedí. En cuestión de segundos sus manos estaban sobre mis pechos y luego una mano estaba bajo mi falda y mis bragas. Sé muy bien que debería haberle empujado, gritado o pateado las espinillas, pero la verdad es que se me congeló el cuerpo y no pude moverme.

Joanne enarcó una ceja y miró fijamente a Holly.

—Sí, sé que suena inverosímil, pero es la pura verdad.

—¿Te acostaste con él?

—Es más exacto decir que él se acostó conmigo y yo no se lo impedí.

—Deberías haberte apartado en cuanto te tocó las tetas.

—Sí, lo sé, pero es algo que no puedes entender a menos que hayas estado en esa situación. Me quedé paralizado sabiendo que debía separarme, pero estaba tan conmocionado y sorprendido que no podía funcionar normalmente. Dios, supongo que fue una violación, pero me habría costado mucho trabajo demostrarlo.

Joanne se dio cuenta de repente de la gente que la rodeaba en el bar, riendo, haciendo tintinear las risas, bebiendo, haciendo sonar tazas y vasos y charlando inconexamente. Hasta ese momento no había sido consciente de que había alguien más en la sala. Holly la miraba atentamente, su joven rostro registraba apelación, una súplica silenciosa para que creyera cada palabra que había dicho.

—No sé qué decir —fue todo lo que Joanne consiguió pronunciar.

—No, lo siento. Sólo quería ser sincera. Te lo mereces.

Joanne se quedó sentada, pasiva, sin hablar. Era su turno de quedarse congelada en silencio. Poco a poco se fue dando cuenta de que Holly le estaba contando que, desde aquel día, siempre había mantenido las distancias con Jim Wilson. Cada vez que se encontraban, él le pedía un beso, y ella se negaba y se alejaba de él todo lo que podía sin salir de la habitación. Entre ellos sólo había negocios. Finalmente, Joanne preguntó a Holly por qué no se había marchado después de aquel incidente y se había mantenido alejada de él.

—Como debería haber hecho, lo sé. Sin embargo, yo era ambiciosa y quería desesperadamente ser actriz, y él me ayudó de muchas maneras. Pequeños trucos del oficio, porque él era muy buen actor, como sabes. Hacer rutinas de comedia en el escenario fue sólo un punto de partida para mí, pero útil, incluso si yo tenía poco interés en ello. No obstante, aprendí lo importante que es la sincronización cómica en el escenario. Y me pagaron bien en una época en la que necesitaba dinero urgentemente.

Joanne la miraba con una expresión de desprecio apenas disimulada.

—Lo sé, me comporté vergonzosamente.

—¿Te volviste a acostar con él después de aquella noche? —preguntó finalmente, después de que las dos hubieran permanecido sentadas en silencio durante algún tiempo Joanne había sabido, instintivamente, que Holly ocultaba algo cuando se conocieron, pero no esperaba algo así. Y era consciente de que debía reconocer el mérito de Holly por haberlo confesado, aunque muchos otros no lo harían por diferentes razones. Ella sacudió la cabeza con tristeza, más como un reflejo automático que como un comentario silencioso sobre la narración de Holly.

—No, nunca.

—¿Pero él volvió a intentarlo?

—A menudo —susurró Holly mientras una lágrima solitaria brotaba de su ojo izquierdo y corría por su mejilla rápidamente seguida de otra por el derecho. Joanne sacó un pañuelo de su bolso y se lo pasó a Holly por debajo de la mesa. Holly se secó los ojos con delicadeza y cuidado, como si se estuviera quitando un poco de arenilla o maquillaje.

—Debo irme pronto —murmuró Holly—, y prepararme física y mentalmente para dar una actuación aceptable en el escenario esta noche.

—Sí, no debo entretenerte. Tengo una última pregunta, si no te importa.

—Por favor. Adelante.

—Quiero que pienses muy bien antes de contestar —continuó Joanne, mientras observaba atentamente el rostro de Holly—. Muy cuidadosamente. ¿Subiste a su habitación la noche antes de que muriera?

—Sí, fui y, antes de que preguntes, no, no me sometí a tener relaciones sexuales con él, aunque él lo intentó—. Sólo hubo una breve pausa antes de que Holly respondiera.

—¿Y por qué fuiste? —Joanne estaba confundida.

—Tenía una lista de contactos para mí. Gente del teatro que podría conseguirme trabajo, ya que no estaba seguro de cuándo sería su próxima actuación. Le pregunté si podía enviármela, pero me dijo que estaba cansado y que me la daría allí para luego irse a la cama en cuanto me fuera.

Joanne enarcó una ceja. Lentamente, sin mirar lo que hacía, pero con los ojos fijos en el rostro de Holly, sacó el pintalabios del bolso y se lo mostró a su compañera. ¿Lo reconoció Holly?

—Sí, lo perdí en alguna parte. ¿Dónde lo encontraste?

—En su habitación del hotel. Mucho después de su muerte.

Hubo un silencio hasta que Holly se dio cuenta de que Joanne, con la ceja aún levantada, esperaba una explicación. Sonrió con tristeza.

—Me preguntó si tenía una tarjeta con mi nombre y mi número de teléfono, por si tenía un concierto y quería localizarme rápidamente en cualquier momento. Busqué una en el bolso y ahora recuerdo que no la encontré y tuve que sacar muchas de mis cosas. Debió de ser entonces cuando se me cayó el pintalabios.

—Pensé que era tu tono —murmuró Joanne. Entonces se dio cuenta de que los ojos de Holly volvían a estar llenos de lágrimas y decidió que era hora de irse, sin más preguntas. Murmuró algo sobre la necesidad de irse ya, era mucho en lo que pensar. Dio las gracias a Holly, le estrechó la mano, la vio asentir con la cabeza, se levantó y salió rápidamente del bar.

CAPÍTULO DIEZ

Eran más de las once y el bar del Hotel Carswell Bay estaba muy tranquilo. Una pareja joven estaba sentada en una mesa en un rincón, muy cerca el uno del otro y hablando animadamente. Otra pareja, de más edad, estaba sentada casi en silencio, el hombre con su vaso de cerveza en la mano y la mirada fija al frente. Cerca de la puerta del vestíbulo, Sharon estaba sentada con la mano alrededor del tallo de un vaso de vino. Douglas, un joven corpulento de pelo oscuro, sostenía un vaso de cerveza casi vacío.

—Maldita sea, Sharry —gruñó Douglas—, me has estado evitando durante tres meses o más y ahora me dices esto.

—He estado enferma, con el médico, lo sabes, Doug.

—Eso es lo que me dices ahora.

—Fue el *shock* de encontrar el cuerpo de ese hombre. Tardé años en darme cuenta de que sufría un *shock* y una depresión severa.

—¿Quieres otra copa? —Doug suspiró y sacudió la cabeza con frustración.

—No, estoy bien, bebe tú.

Doug se levantó y se dirigió a la barra, moviendo los hombros de un lado a otro. Pidió otra pinta de cerveza amarga y le guiñó un ojo a Rosie, que estaba detrás de la barra. Ella sacó la pinta y la puso delante de él en la barra, y él le pagó.

—¿Nada para Sharon?

—No. Ella está en uno de sus estados de ánimo de nuevo.

—Oh, pobre niña, ya ha pasado por eso.

—Ella sabe cómo hacer una comida de ella también.

—Eres tan insensible, Doug —se quejó Rosie—. Imagínate a esa pobre chica entrando a hacer la habitación de un invitado y encontrando un cadáver en la cama.

—Ha tenido meses para superarlo, Rosie, y los médicos, los psiquiatras y demás se han ensañado con ella.

Rosie se limitó a sacudir la cabeza como si le desesperara la gente como Doug. Por su parte, Doug volvió a su asiento, bebió un trago de su vaso lleno y miró a Sharon. Estaba muy bien no haberle dicho nada durante todo este tiempo, prácticamente ignorándole y rara vez quedando siquiera para luego salir con una declaración como ésa. De todos modos, ¿qué era exactamente lo que hacía?

—No quiero hablar de eso.

—Por el amor de Dios Sharry, acabas de hacerlo.

—Es todo lo que necesitas saber.

—No, quiero saber exactamente lo que hizo.

—¿Te excita? ¿Con una descripción?

—Vete al diablo. Dímelo, por el amor de Dios, dímelo.

Discutieron en voz baja durante un rato, casi susurrando, y Doug le dijo que estaba preocupado por ella, que llevaban saliendo juntos más de dos años y que si no podía confiar en él y contárselo todo, no creía que hubiera muchas esperanzas para los dos. Sharon cedió a regañadientes. Se lo contaría, pero él no debía decir ni una palabra a nadie, estaba muy avergonzada. Se lo prometió.

—Acababa de subir a su habitación para darle una foto —empezó Sharon en voz baja—. Como te dije, pensó que su amigo me daría trabajo de modelo si veía mi foto.

—Y te enamoraste de ese viejo castaño, ¿verdad?

—Iba bien vestido, tenía un aspecto respetable y no tenía motivos para dudar de él.

—Excepto el sentido común.

—Vete al diablo, Doug, no te lo diré si ésa es tu actitud.

—Llegas tarde, Sharon. —Henry Dobbs entró en el bar, elegantemente vestido con su mejor traje azul y el pelo peinado hacia atrás con más pulcritud de lo habitual, en su ronda nocturna. Henry sonrió al ver a Sharon y saludó con la cabeza a ella y a su acompañante.

—Me acuesto tarde y me levanto temprano —respondió ella—. No necesito dormir mucho, Sr. Dobbs.

—Qué suerte, ojalá yo pudiera funcionar durmiendo poco.

Volvió a saludar a ambos con la cabeza y siguió con su ronda, habló un momento con Rosie detrás de la barra y salió. Sharon y Doug se quedaron muy quietos, con un silencio embarazoso entre ellos. Doug insistió en que debía saber exactamente qué le había hecho el tal Wilson. Insistió.

—De acuerdo —aceptó Sharon enérgicamente, con la cara enrojecida—. Si tienes que saberlo. Me agarró como un vicio y me acarició las tetas. Luego bajó y puso su mano bajo mi falda.

—Maldita sea, Sharon.

—Sí.

Los dos se callaron y Doug dio un largo trago a su bebida. Sharon parecía y se sentía muy incómoda, pero seguía sin hablar. Doug tenía la cara contorsionada y parecía estar pensando en algo y tratando de resolverlo. Luego sonrió.

—Hay dinero en esto Sharry.

—¿Qué?

—Has sido criminalmente asaltada sexualmente, y alguien tiene que pagar.

—El tipo está muerto, Doug.

—Sí, pero su esposa no. Era famoso, ¿no? En la tele y todo eso. Lo último que querrá su esposa es que difundas lo que te hizo por toda la tienda.

—Y denunciándolo a la policía. —Él sonrió con malicia.

—No, no —gritó Sharon—. No me voy a involucrar. Eso es chantaje.

—Tonterías, es dinero al que tienes derecho. Piensa en el dolor y el sufrimiento, la vergüenza que has pasado.

Sharon movía la cabeza negativamente. Ella no tendría nada que ver con eso. Doug le dijo que tendrían que conseguir el nombre y el número de teléfono de la esposa, pero como Sharon seguía negando con la cabeza, le dijo que no hacía falta que hablara con la mujer, que él lo haría en su nombre. Lo único que tenía que hacer era conseguir la dirección y el teléfono de la mujer Wilson. ¿No había dicho que el encargado Dobbs estuvo con ella todo el tiempo que estuvo aquí? Él lo sabría.

Doug pasó otra media hora intentando persuadir a Sharon, pero sin éxito. Finalmente, ella le dijo que quería irse a casa, ya que volvería al trabajo a primera hora de la mañana. A regañadientes, la llevó a casa y la dejó en la puerta, sin que apenas se dirigieran la palabra. Doug le dijo que la vería mañana por la tarde, pero Sharon no respondió. Sin embargo, no podía dejar de pensar en lo que él le había dicho y aquella noche le costó conciliar el sueño.

Sharon desayunó muy poco, normalmente gachas de avena y una taza de café fuerte. Su madre le insistía para que comiera copos de maíz o trigo rallado, pero ella se negaba rotundamente. Sabía que su madre sólo intentaba hacer lo mejor por su hija, y se lo agradecía, pero no era muy buena comedora por la mañana temprano y no lo conseguía.

—Estoy bien, mamá, de verdad. Cuídate.

—Tengo todo el día para hacerlo —dijo. La Sra. Jones sonrió.

Sharon miró con tristeza a su madre, una mujer que había trabajado duro toda su vida y tenía poco que mostrar. El padre de Sharon se había ido de casa cuando ella tenía sólo diez años y desde entonces vivían solas. Su madre tenía un rostro preocupado y lleno de problemas, pero en otro tiempo había sido tan guapa como lo era ahora su hija. Desde la marcha de su padre, el dinero siempre había escaseado y a Sharon le hubiera gustado darle unas buenas vacaciones a su madre.

Hacía muchos años que no las tenía. Quizá si Sharon tuviera la oportunidad de conseguir una buena suma de dinero, debería aprovecharla y dejar a un lado sus escrúpulos. Desde luego, era muy tentador. Su madre había sufrido problemas musculares, articulares y de cadera en los últimos tres años y, en consecuencia, no había podido trabajar. Dependía de un subsidio básico por enfermedad, pero siempre andaban mal de dinero.

Ser camarera de piso no estaba precisamente bien pagado y Sharon ni siquiera trabajaba a tiempo completo en el hotel. Era un dilema que Sharon aún no había conseguido resolver.

Doug había sido muy persuasivo, pero ella sabía muy bien que lo que él sugería estaba muy mal.

—Me voy a trabajar —le dijo a su madre, que se había retirado a la cocina.

—Muy bien, cariño, que tengas un buen día. Nos vemos esta tarde.

Sharon sonrió, recordando que su madre había utilizado exactamente las mismas palabras desde que empezó a trabajar en el Hotel Carswell Bay. Se dirigió rápidamente a la parada de autobús y subió al siguiente vehículo que se detuvo en la parada. El hotel estaba tranquilo y Sharon fue una de las primeras en llegar. Trabajó duro durante las dos horas siguientes y pronto se dio cuenta de que había preparado varias habitaciones vacías para los huéspedes que llegarían esa misma semana. Debía tomarse un breve descanso y luego ir a recibir una nueva lista de habitaciones de la recepción, pero no hizo ni lo uno ni lo otro. Se sentó en el pasillo de la planta en la que había estado trabajando y se quedó mirando la pared. ¿Qué hacer a continuación? Doug había intentado desesperadamente convencerla de que conseguir que la Sra. Wilson pagara una buena suma para mantenerla callada y alejada de la policía sería «pan comido», según sus palabras. Odiaba la sola idea, pero tenía que admitir que podía tener razón y que realmente necesitaba dinero. Una buena suma solucionaría todos sus problemas y su madre volvería a tener una vida cómoda.

¿Y si la mujer Wilson rechazaba todos sus intentos de obtener un pago y probablemente la denunciaba a la policía por intento de chantaje? Pero no lo haría, ¿verdad? No si para ella significaba mucho mantenerlo todo en secreto. Cuanto más lo pensaba, más confusa se sentía Sharon. Finalmente, se decidió. Se levantó, bajó la escalera con paso decidido y se dirigió al despacho del director. Llamó tímidamente a la puerta y una voz la invitó a entrar.

—Sí, Sharon —dijo Henry Dobbs con indiferencia—. ¿Qué puedo hacer por usted?

—Necesito hablar con usted, señor Dobbs —casi susurró ella, nerviosa ahora que por fin había dado el paso.

—Será mejor que venga y se siente —respondió Dobbs, sonriendo algo torcido, e indicando la silla frente a su escritorio. Sharon cruzó tímidamente la habitación y se sentó. Se tomó un momento para serenarse y luego miró a Dobbs con ojos grandes, redondos y atractivos. Pero no podía hablar.

—Escúpelo entonces, no te morderé. —Dobbs sonrió lentamente.

—Quiero hablar con la Sra. Wilson —dijo Sharon al fin.

—¿En serio? —respondió Dobbs—. La última vez que estuvo aquí te esforzaste mucho por evitarla a toda costa.

—Hay algo que debería saber —le contestó Sharon, ganando confianza poco a poco. Sabía que Dobbs era fácil de tratar y que no tenía por qué tenerle miedo—. He estado pensando mucho en ello y creo que puede ser importante.

—¿De verdad?

—Sí —respondió una Sharon de voz tímida, apenas como un susurro—. ¿Podría darme su dirección y número de teléfono, por favor?

—¿Puede decirme de qué se trata?

—No, es privado.

—¿Privado?

—Sí, sólo puedo hablar con ella.

Dobbs observó a la joven que tenía delante. Intentaba parecer tranquila y serena, pero por la forma en que se retorcía las manos en el regazo, se daba cuenta de que estaba agitada. Volvió a preguntarle de qué se trataba, pero ella negó enérgicamente con la cabeza y repitió que era privado.

—Mira, Sharon, la señora Wilson, como tú, ha sufrido muchos traumas en los últimos meses y no quiero que se altere. Ya la conozco bastante bien. Déjamelo a mí y me pondré en contacto con ella para ver si quiere hablar contigo. Si dice que no... —Dobbs suspiró. Sin embargo, dirigió a Sharon una mirada penetrante.

—Estaba deseando saber todo lo que pasó, y creo que querrá oír lo que tengo que decir.

—¿Y no puedes darme ni una pista?

Sharon volvió a negar con la cabeza, esta vez con más fuerza.

—De acuerdo, déjame hablar con ella y te lo diré. Puede que quiera venir aquí a hablar contigo, no lo sé en este momento.

—Si lo hace, debemos ser sólo ella y yo, nadie más presente en la habitación. —Sharon frunció el ceño.

—¿Quieres decir que no quieres que esté presente? —Dobbs le sonrió.

—Lo siento, Sr. Dobbs, pero no. Sólo ella y yo.

—Bien, Sharon. Será mejor que vuelvan a sus habitaciones, ¿no?

—Sí, Sr. Dobbs, gracias, Sr. Dobbs.

CAPÍTULO ONCE

DOBBS ESTABA EUFÓRICO UNA VEZ MÁS. LA MAYOR parte de sus pensamientos despierto habían girado en torno a Joanne Wilson, pero no tenía esperanzas de volver a verla. ¿Cómo iba a hacerlo? ¿Qué excusa podía utilizar? Ahora la joven Sharon le había brindado la oportunidad y pensaba aprovecharla al máximo. Si no lo hacía, se dijo a sí mismo, podría no volver a verla y eso sería demasiado para soportarlo. Aquel día pasó la mayor parte de su turno de trabajo en el hotel aturdido, a menudo sin prestar atención a lo que le decían o sin escuchar lo que le decían, moviéndose por las distintas oficinas y salas en su propio mundo, preguntándose qué le diría a Joanne y cómo reaccionaría ella. Se dirigió a su piso en cuanto terminó su turno, aunque tenía por costumbre esperar a que llegara su colega y a menudo se quedaba media hora comprobando esto, aquello y lo de más allá.

El Escarabajo circulaba ruidosamente por las carreteras rurales, dejando escapar una nube de gases de escape de vez en cuando. Cuando llegó a casa, tomó nota mental de pedirle a su amigo que le echara un vistazo al tubo de escape la próxima vez que llevara el coche. Puso la tarta que había comprado antes en el microondas y colocó la mesa de la cocina con brusquedad, impaciente por terminarlo todo rápidamente. Sin embargo, aún no estaba listo para comérsela, no tenía absolutamente nada de apetito. En cuanto cogió el auricular del teléfono, marcó el número con impaciencia, consciente de que le preocupaba que ella pudiera estar fuera. La voz resonó sonoramente, dando su nombre y su número.

—Hola, Joanne, soy yo, Henry Dobbs.

—¿Henry? Me preguntaba cuándo tendría noticias tuyas. —Se oyó un suspiro y luego ella habló.

—¿En serio?

—Sí. Prometiste mantenerme informado, Sr. Henry.

—Bueno, ha estado tranquilo aquí. Siempre es tranquilo aquí. Pero hoy la chica Sharon vino a verme y me dijo que quería hablar contigo y me pidió tu número de teléfono.

—¿Lo hizo ahora? ¿La misma chica que se esforzó en evitarme la última vez que estuve allí?

—Bueno, ahora dice que tiene algo que decirte que querrás oír.

—¿De verdad? No, realmente no confío en esa chica, está tramando algo. ¿Puedes decirle que estoy muy ocupado y pedirle que lo escriba todo, lo ponga en un sobre cerrado, y te lo dé para que me lo envíes por correo?

—Oh, bueno, si te parece —dijo Henry, nervioso y preocupado por la posibilidad de volver a verla—. ¿No quieres bajar y ver lo que tiene que decir?

—Creo que no, Henry. Esa chica me llevará a una búsqueda inútil, y realmente no puedo seguir corriendo al sur de Gales cada cinco minutos, tengo mejores cosas que hacer.

—Lo sé —contestó Henry con un aire de desesperación en la voz—, ¿por qué no le pido que lo escriba todo con detalle y te lo traigo para que puedas planear cómo quieres responder?

—No puedo pedirte que hagas eso Henry, tienes un hotel que dirigir. No, sólo ponlo en el correo por favor.

Henry Dobbs pensaba rápido con los pies, una ocupación que no tenía fama de practicar. De repente se le ocurrió que aún no había tomado sus dos semanas de vacaciones y que podía dejar el sobre en su viaje al sur. No habría ningún problema, le aseguró, y ella recibiría el sobre sana y salva y le haría saber cómo pensaba responder.

—Es muy amable de su parte —le dijo ella tímidamente—. Pero me alegraría mucho que lo enviaras por correo.

—Bueno, ¿sería en mi camino a través de Windsor y hacia Londres?

—¿Dónde se alojaría entonces, Sr. Dobbs? —Joanne preguntó dudosa.

—Oh, encontraré un buen B y B o un pequeño hotel —le aseguró él con aire desenfadado.

—Si está decidido a llevarlo personalmente —le dijo Joanne con cansancio—, será mejor que pase la noche aquí.

—Oh, no podría molestarte —dijo Dobbs, pero de repente se sintió eufórico—. No quiero molestarte, y pronto encontraré algún sitio.

—Henry —llamó Joanne con voz autoritaria.

—¿Sí, Joanne?

—Tengo cinco habitaciones aquí, cuatro de ellas sin hacer nada. Pasarás la noche aquí.

—¡Supongo que querrá ver a mi Sharon! —exclamó y le invitó a entrar. La señora Jones abrió, parecía cansada y descolorida, pero sonrió. Henry empezó a darle las gracias profusamente, si estaba realmente segura, hasta el punto de que ella le mandó callar y puso las cosas en marcha. Colgó el auricular, echó un vistazo a su té en el microondas, decidió que aún no tenía hambre y que tenía que hacer un recado. Salió hacia el Escarabajo, se subió y arrancó el motor, que crepitaba y gruñía ruidosamente. Sólo había estado una vez en la pequeña casa del ayuntamiento donde vivía Sharon Jones, pero recordaba el camino y lo encontró fácilmente. Aparcó delante de su casa, caminó con paso decidido por el pequeño jardín delantero y llamó a la puerta.

—Sí, por favor, señora Jones, en privado, si no le importa.

—Por supuesto, puede pasar a este salón —respondió sonriendo y entonces sus ojos se abrieron de par en par, y pareció momentáneamente asustada—. ¿Ha hecho algo malo?

—No que yo sepa —contestó Dobbs, aunque pensaba que aún no sabía la respuesta a esa pregunta. La señora Jones llamó a su hija y la joven entró en la habitación y miró extrañada a Dobbs. La señora Jones se retiró discretamente.

—¿Ha venido a contarme lo que le ha dicho la señora Wilson, señor Dobbs?

—Hablé con ella hace cuarenta minutos —respondió Dobbs—. No va a venir, pero le gustaría que pusieras por escrito lo que querías decirle, me lo dieras y yo se lo haría llegar.

—Quería hablar cara a cara —replicó Sharon, con el ceño fruncido.

—Bueno, es una mujer ocupada Sharon. Escríbelo todo, ciérralo en un sobre grande y se lo entregaré directamente. Voy para allá dentro de dos días.

—¿Está saliendo con ella, Sr. Dobbs?

—No, no salgo con ella —respondió Dobbs con altanería—. Harías bien en evitar hacer ese tipo de comentarios, Sharon. Escríbelo todo en cuanto puedas y tendrás tu respuesta rápidamente.

Dobbs conducía por la autopista y acababa de pasar Bristol. El Escarabajo tosía y chisporroteaba alegremente y se movía a una razonable velocidad de 88km/h sin demasiado traqueteo ni balanceo de la carrocería. Se había asegurado de que su amigo lo revisara, comprobara el sistema de escape y retocara el antiguo motor refrigerado por aire antes de iniciar el viaje y esperaba llegar a su destino en el tiempo estimado. En el asiento trasero, recién cubierto, descansaba un sobre grande y cerrado, y Dobbs se sentía eufórico por haber tenido la oportunidad de volver a ver a Joanne. Ella incluso le había invitado a pasar la noche, reflexionó, y una amplia sonrisa cruzó sus labios. Tal vez ella estaba relajando sus pensamientos acerca de no involucrarse con otro hombre durante varios meses. Debía de ser muy solitario para ella vivir sola en una casa grande y vieja después de más de veinte años de matrimonio.

A medida que avanzaba por la autopista M4, más allá de los cruces de Newbury y Reading, el tiempo se nubló un poco con nubes oscuras y ominosas, pero para Dobbs, que esperaba con impaciencia las próximas horas, el tiempo era bueno y brillante, a juego con su estado de ánimo. Cuando divisó el castillo de Windsor a su derecha y llegó al cruce para desviarse, supo que estaba cerca de su destino y su estado de ánimo de placentera expectación aumentó aún más.

Sorteó el laberinto de calles secundarias sin demasiados problemas y llegó a la puerta de la casa de Joanne antes de lo que había previsto. Miró hacia fuera mientras detenía el coche y enarcó una ceja. Ella le había dicho que buscara una villa victoriana de buen tamaño, pero ésta era mucho más grande de lo que esperaba. Observó la verja pintada de azul que ella había mencionado y vio que la casa había recibido construcciones adicionales a lo largo de los años, pero, observó con satisfacción, todo se había hecho con buen gusto, siguiendo el estilo del edificio original y manteniendo las nuevas ventanas con sustanciosas ventanas de guillotina victorianas. Salió del Escarabajo, cogió su bolsa de viaje del maletero y se acercó a la puerta principal. Joanne la abrió y le sonrió, fresca y contenta con su camisa rosa de cuello ancho y sus pantalones verdes.

—Bueno, no te quedes ahí parado, Henry, entra.

Dobbs entró despacio, tentativamente, como si

estuviera entrando en el mismísimo castillo de Windsor y se sintiera un poco abrumado por lo que le rodeaba.

—¿Confío en que hayas tenido un viaje agradable?

—Sí, gracias, Joanne, así fue.

Dobbs se encontró en un vestíbulo bien proporcionado con un pasillo y una escalera que salía de él. La decoración era sencilla pero eficaz: Paredes pintadas de blanco y cuadros de viejos maestros en la pared. Empezaba a sentirse como pez fuera del agua.

—Sube la maleta y te enseñaré tu habitación —entonó Joanne y caminó decidida hacia la escalera. Él la siguió tímidamente, manteniéndose bastante cerca de ella y con los ojos fijos en el trasero en movimiento de Joanne. La habitación era grande, ventilada, pintada de blanco una vez más y muy luminosa. Percibió luz y espacio por todas partes y muebles y accesorios de lujo por todas partes. Le invitaron a dejar su bolsa de viaje, lo que hizo, y luego se acercó lentamente a la ventana, cerca de donde Joanne le observaba con una expresión divertida en el rostro.

—Desde aquí tendrás una vista bastante agradable —le dijo.

Henry miraba hacia un jardín muy largo y bien cuidado, con arbustos, árboles delgados y flores tardías en flor. Al fondo había una maravillosa vista del Támesis e incluso un barco amarrado a la orilla. Dobbs opinó que la vista era impresionante.

—Bueno, no nos vayamos por la borda, ¿vale? —respondió ella, todavía con su mirada ligeramente burlona—. Ve a darte un chapuzón en las duchas de allí y baja cuando estés listo. Te prepararé una taza de té.

Joanne se marchó mientras Henry entraba en el cuarto de baño y se aseaba después de un largo viaje en su maltrecho Escarabajo. La sensación de euforia iba en aumento en lugar de retroceder, aunque era consciente de que una vez que Joanne hubiera decidido qué hacer, él no tendría ninguna excusa para quedarse en su casa. Decidió cambiarse de camisa y cepillarse con cuidado el pelo, que solía llevar alborotado. Salió de la habitación con un aspecto acicalado y los ojos brillantes y se aventuró a bajar lentamente las escaleras hasta encontrar una puerta abierta al fondo. Llevaba en la mano la carta sellada de Sharon.

—Entra —le dijo Joanne—. No te quedes en la ceremonia.

Dobbs entró en un amplio salón de estilo victoriano y formas convencionales, donde encontró a Joanne sentada junto a una mesa auxiliar con una tetera, tazas y galletas dispuestas frente a ella. La mujer le indicó que se sentara frente a ella y se sirviera el té y las galletas. La mujer le indicó que se sentara frente a ella y se sirviera el té y las galletas. Se sentó y le sonrió.

—Es una casa preciosa, Joanne, mucho más grande e impresionante de lo que imaginaba.

—Sí, bueno, supongo que es algo opulenta. La compramos hace unos quince años, cuando Jim estaba en la cima de su carrera, con un programa de televisión semanal, una película y, en general, ganando tanto dinero que nos sentimos libres para derrochar en este lugar.

Dobbs asintió y bebió un sorbo de té, agradecido porque tenía la garganta seca.

—Bien, veamos esta misiva de la espantosa Sharon y averigüemos qué demonios trama.

Dobbs le entregó el sobre y mientras ella lo abría y empezaba a leer, él se sirvió una galleta y, al encontrarla de su agrado, tomó otra. Vio que la expresión de Joanne cambiaba de calma y serenidad a irritación y luego a incredulidad. En un momento dado negó con la cabeza. Luego se dio cuenta de que había dejado la carta y fruncía el ceño, pensativa.

—Te dije que no se podía confiar en esa chica —susurró ella—. Pequeña zorra.

—¿Qué ha hecho ahora?

—Toma, será mejor que la leas tú mismo —le contestó y le entregó la carta. Dobbs abrió la primera página y empezó a leer.

Querida Sra. Wilson

Creo que debería saber que su marido, Jim, era un hombre vil y terriblemente malo. No se podía confiar en él ni un ápice y ninguna chica decente estaba a salvo de él. Yo solía ir a menudo al bar del hotel a la hora de comer, cuando terminaba de trabajar, a tomar un café o una bebida alcohólica, y fue allí donde le vi. Se sentaba a mirarme, haciéndome sentir incómoda porque era baboso, y yo sabía que era un viejo verde porque de todos modos son fáciles de detectar.

La tarde siguiente volvió a entrar, pero yo estaba con mi amigo, Dougie Foster, y ni siquiera levantó la vista. Como si yo no estuviera en la habitación. La tarde siguiente, Doug llegó tarde y me miró con malos ojos en cuanto entré. En ese momento se acercó al bar donde yo estaba y me dijo la vieja chorrada de que su colega quería chicas para modelos fotográficas y yo le dije que no, que no, que no, que yo no era ese tipo de chica y que nunca haría fotografías de desnudos. Me dijo que no, todo zalamero, que era para modelar ropa y que yo sería justo lo que su amigo estaba buscando, estaba seguro. Como una tonta, me lo creí y, como te he dicho antes, conseguí la foto que me pidió y, cuando no estaba en el bar, la subí a su habitación y llamé. Gran error, no llevaba allí ni dos minutos cuando me agarró con fuerza y, aunque forcejeé como una loca, me obligó a tumbarme en la cama y me violó. Lenta y dolorosamente, con la mano en la boca todo el tiempo. Después me dejó usar su cuarto de baño y me dijo que, si decía una palabra, haría que me despidieran por subir a su habitación sin invitación y ofrecerme como prostituta. Horrible cabrón.

No obstante, me convenció de que era mi palabra contra la suya y a quién pensaba yo que iban a creer. Estaba destrozada. Estaba demasiado avergonzada y afectada para hacer nada y luego, cuando lo encontré muerto en su cama, no sentí ninguna compasión, pero me sacudió de tal manera que pasé mucho tiempo bajo la tutela de médicos y psiquiatras y Dios sabe qué más. Ahora mi novio Dougie piensa, y yo estoy de acuerdo, que deberías pagarme una buena suma de dinero en compensación por lo que he pasado y no diré ni una palabra a la policía ni a nadie, nunca, jamás. Si no, ¿quién sabe? Eres una mujer, así que deberías compadecerte. Sé que era tu marido, pero siendo quien era, supongo que tú también le odiabas.

En fin, estoy harta de que me usen y abusen de mí y quiero que me ayudes. Creo que me lo merezco. Por favor, págame en efectivo, me conformo con mil libras, billetes usados, dice Dougie.

Gracias,
Sharon Jones

—Increíble —dijo Dobbs al fin—. Siempre pensé que era una joven agradable.

Joanne sacudía la cabeza con tristeza. Pensaba que Sharon era un pequeño horror oportunista y que quería emplumar su nido a lo grande, pero lo más probable es que estuviera fuertemente influenciada por el canalla de su novio. Estaba medio inclinada a ir directamente a la policía y denunciarla como posible chantajista, pero pensándolo mejor lo consultaría con la almohada y tal vez idearía un castigo que a la larga sería aún peor.

—¿Puedes hacerlo?

—No lo sé todavía, Henry. Déjame consultarlo con la almohada.

—Lo más preocupante y perturbador es que, si lo que dice esta criatura es cierto o medio cierto, viví durante veinte años con un violador y abusador de mujeres, sin sospechar que era la mitad de malo de lo que realmente era.

—¿Crees que decía la verdad? —preguntó Henry, perplejo.

—No lo sé. Posiblemente.

—Haré que la despidan en cuanto vuelva al hotel.

—¡No, no hagas eso, por favor! —gritó Joanne con urgencia—. No me uses para despedirla a estas alturas. Déjamelo a mí.

—Como quieras.

—No debe ver que tú y yo estamos confabulados, eso le daría ventaja.

Los dos se quedaron en silencio después de este intercambio, Dobbs mirando por la ventana hacia el jardín arbolado y Joanne simplemente mirando hacia adelante con aire reflexivo. De repente, se animó y dejó claro que no iba a permitir que aquella espantosa joven la desanimara. Propuso que ambas se olvidaran de Sharon Jones por el momento y en el futuro inmediato. Ella esperaría.

—Eres mi invitada —murmuró Joanne en voz baja—. ¿Te gustaría ver el resto de la casa?

Dobbs asintió, con una sonrisa. Desde luego que sí. Se levantó y condujo a su invitado a la cocina, una habitación enorme llena de hornos y encimeras, armarios y un frigorífico doble con congelador que parecía equipado para alimentar a quinientos invitados. Dobbs comentó que era cavernosa.

—Y muy infrautilizado. La mayoría de los días como un bocadillo a mediodía con algo de fruta y un tentempié ligero tipo ensalada por la noche.

Dobbs hizo una mueca.

—Pero esta noche revivirá antiguas glorias. Le prepararé la cena y demostraré mi genio culinario.

Ella le indicó que siguiera adelante con un movimiento de cabeza y le condujo a un enorme salón con sofás y sillones decorados con motivos, mesas auxiliares, una gran chimenea blanca y una alfombra suave y gruesa de color crema en la que hundieron los pies. Dobbs hizo comentarios de admiración. Siguieron caminando por el pasillo y entraron en un despacho, bien equipado con ordenador, máquina de imprimir y una pantalla de televisión muy grande.

—Debe de encantarte vivir aquí —comentó Dobbs.

—Estoy contenta —sonrió ella—, pero últimamente me siento muy sola.

Como si fuera consciente de que podía haber dado una señal equivocada a Dobbs, sin darse cuenta, le sugirió rápidamente que echara un vistazo al piso de arriba y le hizo un recorrido sin prisas por los cinco dormitorios, la mayoría con sus propias duchas y dos cuartos de baño. Dobbs emitió un silbido al ver el último y lujoso cuarto de baño. Mientras bajaban, murmuró una combinación de agradecimiento por la visita, lo impresionado que estaba con todo y una sugerencia de que estaría encantado de llevarla a cenar a un restaurante y ahorrarle la molestia de cocinar.

—Tonterías, te debo un par de cenas —respondió Joanne rápidamente—. Y me encanta cocinar siempre que tenga a alguien para quien hacerlo.

—Es muy amable de tu parte.

—En realidad, no. Usted me ha ayudado mucho a desentrañar el misterio de la muerte de mi marido.

Dobbs asintió con simpatía. Indicó que siempre estaba dispuesto a ayudar en lo que pudiera, ahora y en las próximas semanas y meses. Por supuesto que lo estaba.

Joanne frunció el ceño. No podía pedirle más. Ya había hecho bastante. No, ella viajaría una vez más a Carswell, arreglaría lo de la niña mugrienta y después dejaría a Dobbs en paz para que siguiera con su rutina normal de vida. Sin embargo, había descubierto cosas inquietantes sobre la doble vida de su marido y seguiría hasta averiguar exactamente por qué había muerto.

—No fue suicidio.

—¿No? Pero seguramente…

—No, era el hombre más egoísta y egocéntrico que se podía conocer y lo último que haría sería acabar con su propia vida. Pensaba demasiado en sí mismo para eso.

—¿Entonces qué? —preguntó Dobbs perplejo.

—Eso es lo que pretendo averiguar. Y lo haré, me lleve el tiempo que me lleve.

Dobbs estaba demasiado confuso para decir nada. Allí estaba la mujer a la que amaba, pero a la que aún no había encontrado el valor para decírselo, persiguiendo sin piedad las causas de las últimas horas de su marido y posiblemente, tenía que admitirlo a regañadientes, no estaba en condiciones de pensar en otra cosa en un futuro inmediato. ¿Qué hacer y qué decir? Dobbs no tenía ni idea, así que no dijo nada. Para él, trabajar muchas horas como jefe de guardia en el hotel, volver a casa a un piso pequeño y normalmente desordenado, visitar de vez en cuando el pub local y restaurar poco a poco un viejo y destartalado VW Escarabajo, representaban su vida plena.

—Ojalá pudiera ser de más ayuda —le dijo Henry, por fin.

—Has hecho todo lo que has podido —declaró Joanne y sonrió—. Y, de todos modos, no es tu problema.

—Me gustaría hacerlo mío también —le respondió él con entusiasmo.

—Gracias, Henry, pero no hay mucho más que puedas hacer. ¿Por qué no vas a investigar el jardín mientras empiezo a preparar un poco para la cena?

Henry Dobbs salió al jardín. Como era un día agradable, con algunos restos de sol que aún inundaban el paisaje, caminó por el sendero que había frente a la puerta de la cocina y pronto estuvo admirando flores y arbustos en un derroche de colores brillantes, a su izquierda y a su derecha. Era un jardín muy largo y bien cultivado, con rocallas, una fuente que escupía agua fresca y la reciclaba a través de una tubería en un pequeño estanque. Había árboles finos y pequeñas islas de hormigón con muebles de jardín dispuestos bajo sombrillas. Inusualmente, pensó, más de uno.

Dobbs caminó despacio hasta llegar al final y a

un pequeño banco de hierba con vistas al Támesis. La luz del sol brillaba y bailaba en la superficie del agua. Dobbs respiró el aire fresco, escuchó el canto de los pájaros a su alrededor y finalmente se sentó en la orilla mirando al río. Era un lugar tan tranquilo que no podía imaginar que nada terrible pudiera ocurrir en él, nunca. Al final salió de su ensueño, volvió a la casa y entró en la cocina. Por su parte, Joanne, rodeada de ollas y sartenes y con un gran delantal, le sugirió que fuera al salón y se pusiera cómodo, pues ella le llamaría cuando la cena estuviera lista. Él asintió con la cabeza, sonrió y fue donde ella le sugería, se sentó en un sillón grande y cómodo y pronto se quedó profundamente dormido.

CAPÍTULO DOCE

EL COMEDOR TENÍA PANELES DE ROBLE Y UNA ENORME mesa de caoba con ocho sillas alrededor. A Dobbs le pareció más un salón Tudor que victoriano, pero tal vez había sido especialmente diseñado y construido para esa apariencia. Joanne se había colocado en la cabecera de la gran mesa y él a su izquierda, junto a ella. Le sirvió sopa de pollo con trozos de carne y judías negras. En cada plato había un panecillo crujiente. Henry dio un sorbo a su sopa y la calificó de absolutamente deliciosa.

—Una delicia china —le dijo Joanne, sonriendo pícaramente—, aunque no la reconocerían en ningún restaurante chino de este país.

—¿No?

—Esta sopa es muy popular en China, pero

desconocida aquí. La versión británica es totalmente diferente.

—No he probado nada igual en ningún sitio. Maravillosa.

La siguiente sorpresa para Henry fue una lubina grande y muy sabrosa con verduras verdes crujientes y una deliciosa salsa de pescado cremosa. Henry se deshizo en elogios, preguntándose de dónde había sacado ella semejante pescado y especulando, despreocupadamente, que debía de costar un dineral.

—Lo mejor de Tesco —le dijo Joanne sonriendo —. Lo que marca la diferencia es cómo lo cocinas.

Mientras degustaban una *crème brûlée* especialmente suculenta, Joanne anunció de repente que cambiaba de planes y que al día siguiente iría en coche a Carswell.

—Yo también podría volver —afirmó Henry—. No tengo planes en firme, y puedo tomarme mis vacaciones en Londres cuando quiera.

—No, no, es algo que debo resolver yo mismo y solo. Continúa y disfruta de tus vacaciones, Henry, has sido más que útil.

Henry Dobbs se sentía desolado. Odiaba la manera en que Joanne era ahora muy formal con él y carecía de la antigua mujer risueña, burlona y ligeramente coqueta que había conocido antes. Sabía por qué se comportaba así, por supuesto, ella no quería que él se acercara a ella o incluso pensar que le dejaría acercarse. Después de cenar se sentaron y hablaron durante algún tiempo, pero las conversaciones se generalizaban hasta tal punto que Henry estaba convencido de que ella se mantenía sosa y ordinaria para evitar que él se convirtiera, de algún modo, en algo personal.

A las diez y cuarenta y cinco Joanne bostezó y declaró que debía pensar en irse a la cama muy pronto. Era libre de quedarse despierto todo el tiempo que quisiera para ver la televisión o leer. Sabía dónde estaba su dormitorio, ¿no?

—Ah, sí, aunque me preguntaba si podría preguntarte algo.

—Por supuesto. Adelante.

De repente, casi tan pronto como llegó, a Henry le falló el coraje. Ni siquiera pudo empezar a decirle a Joanne lo que sentía por ella y en su lugar le preguntó en qué época del año plantaba algunas de sus flores anuales. Ella le contestó alegremente, explicándole sus conocimientos sobre flores y jardines, y luego le dijo que tenía que irse a la cama. Había tenido un día muy largo.

—Sí, yo también. Tanto conducir me ha agotado.

—Bueno, debes subir pronto. Buenas noches, Henry. Dulces sueños.

Henry dijo buenas noches, se quedó quieto en su sillón y casi se durmió en él. Subió cansado a la cama y se durmió a los pocos minutos de acostarse. Sin embargo, los sueños no eran tan agradables:

Buscaba a Juana en un bosque profundo y oscuro y nunca conseguía acercarse lo suficiente para verla. Ella le gritaba que estaba por aquí, y él corría hacia ella sólo para descubrir que se había ido. Dormía de forma intermitente, a la mañana siguiente tuvo más sueños angustiosos que no podía recordar y se despertó sintiéndose renovado.

A la mañana siguiente, por lo menos, bajó con aspecto renovado y vestido con una camisa azul brillante y unos pantalones de color canela. Joanne llevaba el pelo recogido en una coleta y parecía realmente despierta y alerta, vestida de forma informal pero atractiva con una blusa rosa y unos vaqueros azules desteñidos que se ceñían a sus piernas de forma provocativa. Ella insistió en que desayunara bien antes de salir, aunque él protestó diciendo que con copos de trigo y café le bastaba.

—Te voy a preparar huevo, *bacon* y dos salchichas chipolatas —le dijo Joanne sonriendo. — Y no discutas.

—No me atrevería.

Henry disfrutó de su pausado desayuno, pero no tanto como tener a Joanne sentada a su lado mientras se lo comía, diciéndole que estaba empezando en esto de la investigación y que sabía que quedaba mucho, mucho por descubrir y que finalmente llegaría al fondo del asunto. Si podía contar con su ayuda, aunque sólo fuera apoyo moral, en los próximos meses, se lo agradecería. Le aseguró que estaba con ella en todo momento y que sólo tenía que decirle si podía ayudarla y él estaría allí.

—Y ahora —anunció—, debo seguir mi camino.

***

Dougie y Sharon estaban sentados en sus asientos habituales, en una alcoba del bar del Hotel Carswell Bay. Él bebía un trago de una pinta de cerveza amarga y ella agitaba el tallo de una copa de jerez de la que había bebido muy poco. Dougie sonrió de repente. Opinó que la mujer Wilson ya habría visto el contenido de la carta de Sharon y que pronto tendrían noticias suyas.

—Eso es lo que me temo —murmuró ella.

—Pues no temas —dijo Dougie en voz alta—. Maldita sea, Sharry, no se va a salir con la suya.

—Ella no ha hecho nada para salirse con la suya —le recordó Sharon.

—No, pero el sucio bastardo de su viejo lo hizo, y va a tener que pagar.

—No es culpa suya que su marido no pudiera mantener la polla en los pantalones, ¿verdad?

—No, pero ese hombre era un sucio violador, y tú una víctima, Sharry. Alguien va a pagar, y ella está justo en la línea de fuego.

—¿Y si se niega a pagar?

—La presionamos. Vamos a su casa y la

acosamos en la puerta. Amenázala con decirle a todos sus vecinos lo que hizo. Pagará.

Sharon dio un sorbo a su bebida, miró a Dougie y decidió que no le gustaba el nuevo hombre que veía a su lado. Parecía engreído y poco atractivo. Con su corpulencia, su pelo corto y rechoncho, sus ojos oscuros y la expresión de satisfacción que veía ahora en su rostro, estaba viendo a alguien a quien ya no conocía. Tal vez siempre había sido el mismo y había hecho falta este terrible incidente para demostrárselo. Le dijo que no deseaba aumentar la presión sobre la Sra. Wilson. La carta se había enviado y tendrían que ver qué sucedía, pero ella no estaba de acuerdo con que se agravara más la situación de la Sra. Wilson.

—Sí, eres demasiado blanda, ese es tu problema, Sharon. Prefieres dejarlo y que se salga con la suya, lo sé.

—Tal vez lo haría —respondió Sharon con vehemencia—. No quiero lastimar a nadie más sólo porque me violaron.

—Maldita sea. ¿Vas a seguir con esto o no vas a hacer nada?

—Probablemente no haga nada. No lo sé, aún no me he decidido.

—Bueno, será mejor que te decidas y rápido —balbuceó Dougie y se bebió lo que quedaba en su vaso de un trago—. Y si no lo haces, habré terminado contigo.

—Haz el favor —dijo Sharon, repentinamente enfadada con él y consigo misma y deseando no haberse embarcado en aquel plan. Sus ojos brillaron peligrosamente cuando lo miró de frente y sostuvo su amarga mirada. Dougie sacudió la cabeza con rabia y le dijo que se iba, luego se levantó enfadado de la mesa.

—Puedes irte a casa.

Joanne no perdió mucho tiempo después de despedirse del ahora más alegre Henry mientras se alejaba ruidosamente en su chisporroteante Escarabajo. Entró en casa, se miró en el espejo de cuerpo entero del vestíbulo y decidió que sus vaqueros ajustados y su *top* estaban bien para viajar a Carswell Bay. Se veía y se sentía a la altura de la tarea de deshacerse de aquel miserable chantajista en potencia y lo haría a conciencia. Se puso en marcha en su Mini con algunos rayos de sol que asomaban entre las nubes, pero pronto se nubló. Al llegar a la autopista, después de unos breves minutos, se dio cuenta de que su estado de ánimo era cada vez más sombrío. Realmente era demasiado, y no había tardado mucho en decidirse a solucionarlo rápidamente y seguir adelante.

A medida que el terreno, cada vez más familiar, se extendía ante ella, le resultaba difícil mantener la calma en su enfado contra Sharon Jones. La única forma de mantenerse relativamente tranquila era pensar en otra cosa, pero eso era casi imposible dadas las circunstancias. Y, en cualquier caso, cada vez que pensaba en algo, sólo pasaban unos segundos antes de que el recuerdo de aquella carta repugnante volviera a enfurecerla. Decidió concentrarse en los distintos puntos de referencia del trayecto que cada vez le resultaban más familiares: El giro de las aspas de un aerogenerador, las fábricas situadas en determinadas zonas, los cruces para salir de la M4 y los pocos servicios de autopista que había en esa carretera.

Apenas mucho más tranquila que cuando empezó, llegó un poco antes de lo previsto y entró en el aparcamiento del hotel. Consiguió colocar el coche al otro lado de la zona de aparcamiento, pero de cara a la entrada principal, que según le había informado Dobbs era la única entrada para la gente que llegaba y salía. También le había indicado la hora a la que Sharon Jones terminaba de trabajar y esa hora se acercaba rápidamente. Por supuesto, pensó, Dobbs también le había informado de que la chica a veces entraba en el bar al final de su turno para tomar una copa. Bueno, eso también estaba bien porque Joanne la esperaría. La espera se hizo larga y el humor de Joanne empeoraba por momentos. Al cabo de quince minutos, un joven bajito, rechoncho y de aspecto bastante agresivo salió del aparcamiento del hotel. Joanne suspiró y esperó.

En ese momento, la mujer apareció de repente en la puerta, con aspecto adusto y un poco molesta por algo, pero Joanne no se detuvo a reflexionar, saltó del coche y fue corriendo, casi corriendo, a encararse con la chica.

—¡Tú, ven conmigo y entra en ese coche blanco de ahí, ahora! —gritó Joanne.

—Es la Sra. Wilson, ¿verdad? —soltó. Sharon, confusa y ya un poco asustada, respiró hondo.

—Sí, señora Wilson, y quiero hablar con usted ahora —contestó, cogiendo a Sharon por el hombro y dirigiéndola hacia su coche.

—¡No, no quiero! —gritó Sharon, soltándose de la mano de Joanne.

—Mire, señorita —dijo Joanne en tono estridente—, va a venir, aunque tenga que arrastrarla por su desaliñado pelo rubio oxigenado. Y no piense ni por un momento que no lo haré.

Sharon Jones miró a los ojos ardientes de la mujer que la abordaba. Consideró sus opciones. ¿Luchar en el aparcamiento, correr como el viento o ir con ella? La mirada de Joanne la convenció.

—De acuerdo, iré.

—Claro que sí —pronuncio Joanne, la tomó del brazo y prácticamente la empujo al otro lado del coche, abriendo la puerta del pasajero y empujándola dentro.

Sharon se sentó en el coche de Joanne con la mirada perdida y los ojos llenos de lágrimas.

—Podría detenerte por agresión —se quejó Sharon con amargura.

—¿Y cuándo lo harías, Sharon? ¿Cuándo salieras de la cárcel tras una condena por intento de chantaje?

Sharon empezó a llorar en silencio. Las lágrimas le corrían por la cara y tardó un rato en buscar un pañuelo en el bolso y secarse. Joanne la miró y le preguntó qué demonios estaba haciendo. ¿Realmente creía que a Joanne le importaría que se supiera que Jim había abusado de ella?

—¿Por qué no te divorciaste entonces? —preguntó Sharon, más tranquila ahora, y un poco más calmada.

—Lo tenía todo en la mano para hacerlo justo antes de que estirara la pata —mintió Joanne.

—Nunca lo habría hecho —declaró Sharon, con los ojos muy abiertos, esperando que la creyeran.

—Tal vez no, pero planeaste hacerlo, me enviaste esa carta.

—Y me arrepentí desde el momento en que la envié.

—Dame una buena razón por la que no debería llevarte a la comisaría ahora mismo.

—Oh, por favor no, nunca volveré a hacer algo así, lo juro. —Fue mi novio quien me convenció. Está jodido y ya he terminado con él.

—¿Por qué te dejaste convencer, no eres una chica estúpida?

—Necesitaba dinero desesperadamente.

—¿Para qué?

—Quería llevar a mi madre a unas buenas vacaciones. No ha tenido una desde que mi padre se fue de casa hace años.

—Buen pensamiento, buena idea. Sin embargo, chantajear a una mujer inocente no es la manera de hacerlo.

—No, ahora lo sé —murmuró una Sharon apagada y triste. Parecía haberse hundido en el asiento del copiloto del coche de Joanne y cada vez más pequeña—. Te compensaré y arreglaré las cosas.

—Ven conmigo —le ordenó. Joanne sonrió. Su ira se evaporaba rápidamente. La chica parecía inocente y totalmente inconsciente de la enormidad de lo que había planeado hacer. Decidió que necesitaba un trago.

Sharon la siguió de inmediato dócilmente. Joanne entró en el hotel y se dirigió inmediatamente al bar. Sugirió a Sharon que se acercara a la alcoba del rincón más alejado y se sentara. Cuando le preguntó qué quería beber, pidió un jerez dulce. Joanne compró las bebidas y se sentó frente a Sharon en un bar que estaba casi vacío. Sólo había una pareja sentada en el extremo opuesto al que ocupaban las dos mujeres. La camarera parecía aburrida y empezó a dar vueltas con un trapo limpiando las mesas para tener algo que hacer.

—No sé qué voy a hacer contigo, de verdad que no lo sé —dijo Joanne en voz baja mientras miraba a la joven asustada y con los ojos muy abiertos que tenía delante—. Debería echarte a los lobos... bueno, a la policía en realidad.

—Por favor, no, dame la oportunidad de arreglar las cosas.

—Oh, puedes hacerlo, ¿verdad?

—Haré cualquier cosa por ti, cualquier cosa que digas —gimió Sharon, resoplando ahora que sus ojos se estaban secando.

—Verás, tengo un dilema —reflexionó Joanne en voz baja—. Dice que mi difunto marido la violó, pero ¿cómo puedo estar segura de que no miente? Ya ha mentido en el pasado.

—Puedo demostrarlo.

—Adelante entonces.

—Tenía un gran lunar negro en la parte superior de su pierna derecha, cerca de la entrepierna.

—Oh, ¿viste eso? —Joanne se estremeció—. No es una vista bonita.

—No.

—Aunque tristemente, para ti, eso sólo prueba que enseñó la polla y no que no estabas dispuesta a recibirla.

Sharon se burló. Indicó que no habría tenido

sexo de buena gana con aquella criatura a cualquier precio, tenía algo de amor propio. Joanne se sintió muy incómoda de repente al pensar en las últimas semanas con su marido, cuando las relaciones entre ellos habían mejorado considerablemente. Se estremeció al pensar que se había acostado con un violador. Se recuperó de su incómoda ensoñación y se dio cuenta de que Sharon estaba hablando.

—No hay nada peor que una violación, te sientes sucia, impura por todas partes, no importa cuántas veces te duches o te metas en la bañera. Y me sentía culpable, no sé por qué, no había hecho nada malo.

—No, no lo habías hecho —susurró Joanne en voz baja, compadeciéndose de repente de Sharon.

Sharon miraba con los ojos muy abiertos y expectante, preguntándose qué iba a hacer Joanne con ella. Inmediatamente, Joanne dio un sorbo a su copa y le pidió a Sharon que le contara todo lo que había sucedido aquella noche y la siguiente.

—Todo sucedió tal y como te conté en la carta —confesó Sharon con tristeza—. Después volví a casa desaliñada y sucia a pesar de haberme duchado a conciencia. No podía decírselo a mi madre, me sentía avergonzada y enferma. No podía ir a la policía porque estaba convencida de que él les convencería de que había ido a su habitación voluntariamente y había accedido a tener relaciones sexuales. Volví a ducharme antes de acostarme, pero seguía sintiéndome sucia. Fue horrible.

—¿Lo volviste a ver la noche siguiente? —preguntó Joanne—. Debes decirme la pura verdad.

—No estaba en el bar el jueves por la tarde, lo sé. Yo estaba con Dougie, y pasamos algún tiempo allí, pero él estaba bastante tarde esa noche. Estaba sentado en una mesa de la esquina con una chica, y conversaban profundamente. A veces noté que los dos se agitaban bastante y en un momento dado ella se levantó para irse y vi que él la cogía del brazo y debió de convencerla para que se sentara de nuevo y hablara. Sin embargo, parecía muy enfadada.

—¿Tenía esta chica los ojos verdes?

—No puedo decir que me diera cuenta. No estaba tan cerca de ellos. Aunque atractiva, ropa cara también.

—Supongo que era Holly Roberts.

—Tal vez. La misma chica entró en el bar con él otra vez, en su última noche, antes de morir.

—¿Está absolutamente seguro?

—Oh sí, seguro. Una chica guapa, cabello castaño claro, alta y delgada. Unos veinticinco años o así.

—Es ella.

—¿Quién?

Joanne sacudió la cabeza y le dijo a Sharon que no tenía importancia. Era la chica que trabajaba como su asistente esa semana, en el escenario. Así pues, Holly Roberts había estado en compañía de Jim, en el escenario y después en su hotel las dos últimas noches antes de su partida. Parecía que había más cosas que averiguar de Holly que, aunque parecía ser muy franca y honesta, había estado bastante en su compañía fuera del escenario. Le preguntó a Sharon qué había visto esa última noche. Todo lo que podía recordar.

—Bueno, más o menos lo mismo que la noche anterior —respondió Sharon, con el ceño fruncido—. No le quité ojo de encima después de lo que me había hecho ese cabrón. Me dieron ganas de acercarme y advertirle que se alejara mientras tuviera la oportunidad, pero la verdad es que ella parecía estar intentando alejarse de él incluso mientras estaban sentados hablando. En un momento dado, ella gritó: «No, no», en voz muy alta, y todo el mundo en el bar se volvió para mirarlos a los dos. Ella tenía cara de trueno. Entonces él se levantó para irse y ella se quedó allí sentada con gesto adusto, luego él se agachó, la levantó del brazo y le hizo señas hacia la puerta del bar. Bueno, al final salió trotando con él, pero no parecía nada contenta.

Joanne asentía lentamente, mirando a Sharon como si estuviera de acuerdo con lo que decía o recibiera una noticia que no le sorprendía lo más mínimo. A Joanne le parecía que Holly Roberts era mucho más la villana de la pieza y su llorosa confesión de una violación poco después de conocer a Jim era probablemente más una demostración de lo buena actriz que era que otra cosa. Había mucho más en la repentina e inesperada muerte de Jim Wilson. Nadie, excepto la propia Joanne, había visto más allá de los hechos esenciales. Ni la policía, que lo había tomado al pie de la letra, como un suicidio inesperado de un cómico antaño famoso que había pasado por tiempos relativamente difíciles.

Sin embargo, Joanne conocía al hombre con el que había estado casada durante tantos años y, aunque no hubiera sospechado que era capaz de violarlo, calculaba que sabía casi todo lo demás sobre él. Si hubiera tenido la oportunidad, se habría aferrado a la vida a toda costa. Y Joanne empezaba a sospechar, firmemente, que alguien o algo le había negado esa oportunidad. En cuanto a Sharon Jones, Joanne estaba convencida de que no era más que una víctima desafortunada, una joven ingenua más digna de lástima que de condena. Aparte de aquel chapucero y estúpido intento de chantaje.

—Has sido muy estúpida —declaró Joanne de repente, y Sharon parpadeó mientras la miraba fijamente—. Vamos, te llevaré a casa.

—Oh, puedo ir andando.

—No, yo te llevo —insistió Joanne, mientras

cogía a Sharon del brazo y la llevaba a su coche—. Quiero que mantengas tus ojos y oídos abiertos.

—Sí, lo haré.

—Avísame si averiguas algo más sobre los sucesos de los últimos días.

—Sí. —Sharon murmuró—. No irás a la policía, ¿verdad?

—No si prometes no volver a tener nada que ver con ese inútil y malvado novio tuyo.

—Lo prometo.

—Buena chica.

CAPÍTULO TRECE

HENRY DOBBS NO SE HABÍA ALEJADO MUCHO CUANDO salió de casa de Joanne. Una visita a la biblioteca local le proporcionó una lista de todas las casas de huéspedes de la región y, tras examinarla, eligió la que, en su opinión, ofrecía la mejor relación calidad-precio. Condujo su Escarabajo hasta la casa y descubrió que la ocupante era una mujer corpulenta de mediana edad que regentaba el lugar ella misma con la ayuda de una chica joven. Le enseñaron una habitación, le gustó y la cogió en el acto. Cuando le preguntaron cuánto tiempo se quedaría, le dijo a la mujer que serían dos días.

Para un hombre cuya profesión era la de director de hotel, Dobbs tenía poco tiempo para alojarse en ellos en su tiempo libre. Le gustaba un ambiente hogareño y, aunque rara vez admitía esta parte para sí mismo, una habitación barata y básica. Una vez instalado, pasó la tarde contemplando el castillo de Windsor y, por la noche, fue al teatro. Al día siguiente visitó Maidenhead, luego condujo hasta Reading e hizo algunas compras personales.

—Soy Henry —dijo alegremente en el auricular cuando marcó su número y ella contestó. El tercer día dejó el alojamiento, volvió a la autopista M4 y viajó hasta Chiswick, donde efectivamente terminó. Una vez más, encontró un *B&B* y pasó la mayor parte del día en Kew Gardens. No tenía intención de ir al centro de Londres ni de pasar una semana entera fuera de casa. Al fin y al cabo, sólo había sido una excusa para venir a visitar a Joanne, y volver a pensar en ella le hacía sentirse solo e inquieto como nunca se había sentido antes de conocerla. Decidió llamarla por teléfono y preguntarle cómo le había ido con la joven Sharon. Estaba involucrado y era natural, se convenció, que le preguntara cuál había sido el resultado.

—¿De verdad? ¿Cómo estás, Henry?

—Oh, estoy bien, sí.

—Bien, me alegra oírlo.

Hubo un silencio en la línea hasta que Henry se dio cuenta de que respiraba con dificultad, y era, de hecho, su turno de hablar.

—No, es sólo que me preguntaba, en realidad, ¿cómo te fue con la joven Sharon Jones?

Joanne le hizo un breve resumen de todo lo que

había pasado en Carswell. Cubrió todos los puntos importantes y le dijo que ya no veía a Sharon como una amenaza, sino más bien como alguien que podría ser útil en el futuro, en el lugar, como lo era ella.

—Ah.

—¿Dónde estás ahora, Henry? ¿En Londres?

—No, en Maidenhead.

—¿Qué haces allí? Si no es una pregunta tonta.

—Yo um, sólo quería explorar los lugares locales por un día o dos. No pude entusiasmarme con Londres o el sur.

—Estás lleno de sorpresas, Henry.

—Sí, bueno. Puede que hoy me vaya a casa más tarde.

Joanne pensaba con rapidez. Planeaba una visita a Holly Roberts muy pronto, pero se le había ocurrido que podría ser una buena idea tener un observador o testigo con ella. Henry Dobbs podría cumplir adecuadamente esa función, pero ¿debía pedírselo? Era consciente de que probablemente aceptaría sin rechistar, pero ¿debía aprovecharse de su buen carácter y de que el pobre hombre estaba enamorado de ella? Al diablo, pensó, y se lanzó. Lo dijo sin rodeos y se preguntó si él querría ayudarla como testigo en una visita, pero eso implicaría quedarse en Windsor otros dos días. Su habitación aún estaba lista para él si lo consideraba.

—Estaría encantado de ayudar, Joanne, de

verdad —afirmó entusiasmado—. Dos días en Windsor ayudándote redondearían muy bien mis vacaciones.

—Bueno, no será mucho mejor que visitar la Torre de Londres o subir al London Eye, pero al menos puedo ofrecer mi hospitalidad.

Henry estaba radiante mientras apuntaba con su viejo Escarabajo en dirección a Windsor y empezaba a conducir hacia allí. Entonces se dio cuenta de que llevaba puesto su atuendo de vacaciones, como él lo llamaba: Vaqueros y camisa vaquera azul estilo túnica. Poco apropiado para otra visita a la mujer que amaba, ¿verdad? No quería que ella pensara que era un desaliñado o un excéntrico, pensó, ignorando el hecho de que su Escarabajo ya le había dado más de un suspiro de excentricidad. Bueno, tenía un elegante traje azul oscuro en la maleta y se cambiaría antes de cenar. Pisó el acelerador a fondo en la ruta hacia el pueblo de Joanne, en las afueras de Windsor, y llegó a registrar 88km/h en el velocímetro, sólo un poco más que su velocidad habitual.

Joanne le saludó en la puerta al llegar y él se preguntó cómo sabía que estaba allí antes de que él hubiera podido llamar al timbre.

—Ese artilugio tuyo emite una ruidosa e inconfundible señal de llegada —le dijo ella, con una sonrisa traviesa al verle hacer una mueca.

—Exageras, Joanne —se quejó él.

—Bueno, no es tan ruidoso como el aterrizaje del Concorde, pero hace lo que puede.

Consciente de que se estaba burlando de él y sacándole un poco de quicio, tiró de él hacia su casa y le dio un rápido beso en la mejilla. Dobbs sonrió y le dijo que se alegraba de volver a verla.

—Te fuiste hace sólo dos días, Henry —le recordó ella—. Entra y te traeré una taza de té.

Mientras tomaban té y bollos en su invernadero, Joanne explicó el viaje a Carswell y le dijo a Henry que sospechaba mucho de las actividades de Holly Roberts las dos y posiblemente tres noches anteriores a la muerte de Jim. Ella planeaba visitar a esa joven y pensó que sería bueno tener un amigo allí para escuchar todo lo que se dijera. Henry le dijo que podía contar con él, que estaría a su lado en todo momento. Entonces, ella le dijo que no había planeado tener visita esa noche, pero que tenía un poco de atún fresco y ensalada si él se conformaba con eso a la hora de la cena. Lo haría encantado, le encantaba el pescado fresco.

Después de cenar, acomodó a Henry en su salón frente al televisor y fue a la habitación contigua para telefonear a Holly Roberts. En esta ocasión, Holly contestó enseguida, por lo que Joanne pensó que en ese momento no estaba trabajando como actriz. Holly sonaba alegre y risueña mientras intercambiaban saludos y Joanne le dijo que habían aparecido nuevas pruebas y que le gustaría hablar con ella al respecto.

—La verdad es que no creo que pueda ser de mucha ayuda —le dijo Holly, y su voz volvió a cambiar al antiguo tono desconfiado que había adoptado en su primer encuentro—. Ya te conté todo lo que pasó en lo que a mí respecta.

—Claro que lo hiciste —respondió Joanne en tono conciliador—. Es sólo un pequeño problema con el que creo que podrías ayudarme.

—¿No podemos hablarlo por teléfono?

—La verdad es que no. Por favor, Holly, no te quitaré mucho tiempo.

—Es sólo que estoy ocupada, muy ocupada.

—¿Estás en otra obra? La última fue muy buena.

—No, estoy en lo que en el mundo del espectáculo se conoce como «descansando».

—Ah.

—Pero eso no significa descansar, sino trabajar más duro que nunca, persiguiendo cada pequeño papel que puedas encontrar y audiciones interminables, la mayoría de las cuales terminan con un triste «ya te avisaremos».

Joanne hizo una pausa. A continuación, le dijo a Holly que le habían llegado pruebas de que habían ocurrido varias cosas la noche de la muerte de Jim y que se sabía que ella había visitado su dormitorio aquella fatídica última noche. Joanne estaba siendo muy paciente, pero pocas o ninguna de las personas implicadas le estaban diciendo la verdad. Holly protestó enérgicamente diciendo que había dicho toda la verdad y nada más que la verdad, para su propio perjuicio y vergüenza.

—Sí, y te lo agradezco, Holly pero, verás, está esa última visita de la última noche.

Joanne oyó un largo suspiro, respiraciones profundas y silencio. Explicó suavemente que sólo necesitaba aclarar ese último punto, cara a cara con Holly.

—Será mejor que vengas mañana por la tarde, entonces.

—Sí, gracias. Y quiero traer a un amigo, el gerente del hotel, el Sr. Henry Dobbs.

—Oh no, nadie más.

—Estaba de servicio la noche que Jim murió y el hotel quiere que investigue e informe, con la esperanza de ahorrar otra investigación policial —mintió Joanne descaradamente.

—¿Tiene que estar presente, Joanne?

—Me temo que sí. Pero estará muy callado y actuará como mero observador. Lo tengo adiestrado y no lo soltaré.

Holly soltó una carcajada y dijo que tendría que aguantarse. Joanne colgó el teléfono y respiró aliviada. Entró en la sala de estar, donde Henry estaba inmerso en un episodio de Midsummer Murders, pero él se interesó cuando ella se acercó a su silla.

—Bien, entonces quedamos para mañana por la tarde.

—OK.

—«Operación Sapo Mentiroso Holly» por resolver.

—Así es.

—Y quiero que estés conmigo mientras la interrogo.

—¿Interrogar no es un poco fuerte Joanne?

—No, no, ella me ha mentido y engañado todo el tiempo.

—¿En serio?

—Y me gustaría que tomaras notas, ven a mi estudio y planearemos nuestra campaña.

CAPÍTULO CATORCE

HENRY MIRÓ CON NOSTALGIA AL INSPECTOR BARNABY en la televisión y se preguntó si alguna vez averiguaría quién lo había hecho. Joanne le condujo a otra habitación que desconocía, en este caso un pequeño despacho situado justo detrás de la cocina, a lo largo de un pasillo corto y estrecho. Dentro había dos mesas, una con un gran ordenador y una pequeña mesa con un portátil, una impresora y varios aparatos electrónicos. Joanne nunca hace nada a medias, pensó, mientras echaba un vistazo a la bien surtida sala. Joanne le invitó a sentarse y él eligió una silla con vistas al frondoso jardín. Joanne buscó en un cajón y encontró un cuaderno resistente y un bolígrafo. Se los ofreció a Henry.

—No necesito un libro —le dijo él alegremente—. Tengo una grabadora en miniatura.

Joanne enarcó una ceja y se preguntó cómo era posible que llevara una grabadora encima. Henry sacó la pequeña grabadora del bolsillo y se la enseñó.

—La llevo siempre conmigo —confesó él.

—¿De verdad?

—Es útil para grabar motores.

—¿Qué?

—Bueno, ya sabes que me interesan los coches deportivos antiguos.

—Sí, bueno, ese montón de metal viejo en la puerta de mi casa es una pista, Henry.

—Así que me gusta grabar el sonido de los motores de los motores antiguos, ya sabes.

Joanne negó con la cabeza. No, no lo sabía. ¿Hablaba él en serio?

—Sí, claro. Si encuentro un viejo *MGB* o un *Austin Healy* o, en raras ocasiones, un antiguo Austin Seven o Morris Minor, me gusta grabar el sonido de los viejos motores. Siempre que a los propietarios les parezca bien, claro.

—Por supuesto —repitió Joanne, con cara de perplejidad.

—Casi siempre lo están —dijo Henry, riendo—. Se sienten halagados por mi interés.

Joanne se preguntaba cómo demonios se las había arreglado Henry para evitar que lo llevaran al hospital psiquiátrico más cercano durante todos estos años, pero no expresó su opinión. Cuanto más lo conocía, más extraño le parecía, pero tenía que admitir que era amable, considerado y que se había desvivido en varias ocasiones por ayudarla. Así que se limitó a sonreír y asentir. A continuación, trató de sonar despreocupada y normal y le dijo que era bueno que lo tuviera y que le sería útil al día siguiente mientras hablaba con Holly.

—Grabaremos todo lo que diga —declaró Joanne—. Aunque dudo que su voz suene igual que la de una Austin de los treinta.

Al día siguiente, las dos salieron en el Mini de Joanne, ella insistió en conducir y, mientras se acercaban al piso de Holly, le dijo que ya estaba lista para el combate.

—Intenta no disgustarla —sugirió Henry tímidamente.

—¿Molestarla? Me siento inclinada a retorcerle el cuello.

—Oh, cielos —fue todo lo que Dobbs pudo decir.

Holly los esperaba en la puerta de la casa donde vivía y, según observó Joanne, debía de estar esperando y sintiéndose nerviosa por el encuentro.

Joanne hizo las presentaciones. Holly estrechó la mano de Henry y le dedicó una amplia sonrisa. Parecía haberse hecho rápidamente a la idea de tenerlo allí como observador, pues les dio la bienvenida a ambos, los llevó a su piso y los acomodó en su pequeña sala de estar. Tras el preámbulo habitual, Joanne le hizo un breve resumen de todo lo que Sharon Jones le había contado, haciendo especial hincapié en que Jim convenció a Holly para que saliera del bar con él y, en un momento dado, prácticamente la arrastró fuera.

—Sí, bueno, él insistió mucho en que subiera a su habitación para que pudiéramos hablar en privado —continuó Holly—. Yo no quería ir y se lo dejé muy claro, pero él siguió insistiendo en que había varias cosas que teníamos que resolver, entre ellas si me incluiría o no en su próximo concierto. Yo quería el trabajo y la experiencia que él podía darme, como ya te he dicho, pero lo que quería evitar eran todas las demás cosas desagradables que me traía. En un momento dado me dijo que debía insistir en que fuera con él, pero me negué, dos veces, y se puso tan furioso que pensé que podría pegarme.

—Nunca fue un hombre violento —le dijo Joanne.

—No, desde luego, pero podía ser muy, muy desagradable.

—De acuerdo.

Holly continuó describiendo las tácticas persuasivas y el acoso malhumorado que había soportado, con un ojo observando nerviosamente a Henry, que estaba sentado tranquilamente con su pequeño magnetófono en marcha. Ella describió su sensación de que él se estaba enfadando tanto que le preocupaba que la amenazara con no volver a contratarla y esperaba, en aquel momento, que los dos trabajaran juntos con frecuencia en el futuro.

—De todos modos, me agarró por los hombros y trató de levantarme. Al principio me resistí, pero luego pensé: «Bueno, vamos a oír lo que quiere ese maldito hombre, o nunca tendré paz».

—Entonces, ¿subiste a su habitación?

—Lo hice y le puedo decir que estuve allí mucho tiempo, mucho más de lo que deseaba.

—Ojalá me hubieras contado todo esto la última vez que nos vimos —se quejó Joanne, con cara de dolor y decepción.

—No quería disgustarte.

—¿Molestarme? ¿Cómo funciona eso entonces?

—Por el amor de Dios —estalló Holly de repente, con cara de dolor y enfado—. Intentaba no herir tus sentimientos, acababas de perder a tu marido y te sentías mal.

—Muy bien Holly, entiendo tu punto. Pero cuéntamelo todo ahora.

Holly empezó a describir con tono mesurado su viaje a la habitación de Jim aquella fatídica noche. Dijo que él le había estado explicando que estaba negociando una serie de actuaciones durante seis meses en teatros de provincias, algunos clubes de primera categoría y una posible actuación televisada al final de la gira. Era justo lo que Holly quería, por supuesto, formar parte del elenco de Jim, salir de gira y tal vez consolidarse como actriz con dotes para la comedia. La mujer sabía que tenía que seguirle la corriente y aguantar sus constantes intentos de seducirla, y se había propuesto ser lo más flexible posible.

Cuando entraron en su habitación, él le ofreció un *whisky* del bien surtido minibar que había instalado. Ella lo rechazó, pero se sentó en el borde de la cama mientras él se servía su propia bebida. Le explicó los progresos que había hecho su agente y le indicó que el trato estaba casi cerrado, con sólo algunos flecos por atar. La mala noticia era que no podría cerrarse hasta dentro de tres o cuatro meses por motivos legales y Jim no tenía ningún trabajo previsto para el futuro inmediato. Por eso le había ofrecido contactos para un trabajo más inmediato y uno de ellos le había proporcionado un buen papel en la obra de teatro en la que Joanne la había visto.

—Naturalmente, estaba muy interesada en la gira a largo plazo y se lo dije. Me dijo que no me preocupara, que sin duda se haría realidad y que me quería como su compañera de escena—.

Fue entonces cuando Holly admitió que casi bajó la guardia y le dijo que estaría encantada de unirse a él en cuanto la llamara, y que trabajaría como una troyana para conseguirlo.

—Entonces empezó, a lo grande. Me dijo que haríamos un gran equipo juntos y que se estaba encariñando mucho conmigo, e intentó besarme otra vez. Me aparté y él montó en cólera, perdió los estribos y me dijo que estaba haciendo todo esto por mí, una joven actriz desconocida y sin experiencia, y que lo menos que podía hacer era ser amable con él y darle lo que quería.

—¿Lo que quería era sexo? —preguntó Joanne.

—Oh, sí —admitió Holly, mientras miraba torpemente a Henry.

—Me cuesta creer todo esto —espetó Joanne—. Por muy mal marido que fuera, nunca fue insistente conmigo ni muy exigente.

—Con todo respeto, sugiero que sólo quería lo que no podía tener o lo que le era más esquivo. —Holly sonrió.

—Continúa —pidió Joanne.

—Me dijo que haría cualquier cosa por mí y que a la larga me conseguiría más trabajo del que yo pudiera soñar, pero que quería algo a cambio, un poco más de consideración y la oportunidad de demostrarme lo mucho que me quería. Le dije que lo sentía, pero que nunca podría convertirse en una relación física y…

Holly se derrumbó de repente y se detuvo en seco cuando una lágrima corrió por su mejilla y buscó un pañuelo en el bolso. Ella miró nerviosamente a Henry Dobbs, y él se sonrojó de vergüenza mientras Joanne sacudió la cabeza y pensó: «Oh querido, aquí es donde ella enciende las obras de agua de nuevo». Se obligó a mantener la calma e invitó a Holly a tomarse su tiempo, a descansar si lo necesitaba.

—No, lo siento, estaré bien en un minuto.

Joanne se ofreció a traerle un vaso de agua y fue dirigida a la cocina por la angustiada Holly señalando con un dedo en la dirección correcta. Dobbs murmuró torpemente que sentía que esto fuera tan angustioso para ella mientras Joanne salía de la habitación y ella sonrió y le dio las gracias.

—Es usted muy amable, señor…

—Dobbs. Henry Dobbs.

—Sr. Dobbs, gracias.

Joanne regresó y Holly bebió unos sorbos de agua y comenzó de nuevo en voz baja. Les contó que Jim le había dicho que pensaba en ella todo el tiempo, que no podía sacarla de sus pensamientos y que debía tenerla. La sujetó por los hombros, la besó violentamente, la inmovilizó en la cama y abusó sexualmente de ella. Ella forcejeó violentamente y finalmente consiguió liberarse y le dio una patada en la espinilla mientras se levantaba. De repente, él se disculpó abiertamente, dijo que no sabía lo que le había pasado y le rogó que le perdonara. Ella se separó y se sentó al otro lado de la cama con lágrimas incontrolables.

—Bueno, se te da bien llorar —susurró Joanne en voz muy baja.

—¿Qué has dicho? —preguntó Holly, con el ceño fruncido.

—Sólo pensaba en voz alta, todo debe haber sido muy duro.

—Sí, aunque más que eso.

—¿Qué pasó después?

La expresión de Holly era sombría. Dijo que su único deseo en ese momento era salir de esa habitación y alejarse de Jim, lo más lejos posible. Sin embargo, se sentía desaliñada, tenía los ojos enrojecidos por el llanto y le dijo que necesitaba ir al baño. Él le dijo que se sintiera libre y que se tomara su tiempo. Cuando salió, recién lavada y con el maquillaje restaurado, él la estaba esperando y le dijo que no podía estar más apenado por lo que había pasado, y que quería hacerle una proposición, la verdadera razón por la que quería verla en primer lugar.

—Me sentía agotada, pero él me sirvió un vaso de *whisky*, insistió en que me lo bebiera y me pidió que volviera a sentarme. Sólo quería salir de aquella habitación, pero me senté, bebí un sorbo de *whisky* y me sentí ligeramente mejor. Me dijo que quería divorciarse de ti y casarse conmigo porque el matrimonio no iba a ninguna parte, había fracasado años atrás, y tú no podías darle un hijo.

—Eso es una tontería maligna —protestó. Joanne soltó un bufido despectivo—. Él era el que siempre evitaba el tema de formar una familia, y yo estaba en plena forma y era más que capaz de quedarme embarazada.

—Bueno, sólo te estoy diciendo lo que él me dijo —afirmó Holly, con aire de disgusto.

—No te creo. No me creo ni una palabra.

—¿Qué razón podría tener para inventármelo? —preguntó Holly sonrojada.

—No tengo ni idea.

Las dos mujeres se miraban con indisimulada hostilidad mientras Dobbs, a pesar de sus propios sentimientos por Joanne, sentía lástima por Holly y estaba seguro de que estaba siendo tratada injustamente. Sugirió, en voz muy baja y con delicadeza, que se permitiera a Holly terminar su historia. Todo tendría sentido cuando ella hubiera concluido. Joanne le dirigió una mirada de severo enfado, pero tras una pausa indicó a Holly que continuara.

—Él me propuso matrimonio, me dijo que su comportamiento atroz se debía a que me quería mucho y no podía estar sin mí. Me dijo que, si aceptaba ser su esposa, me compraría una casa donde quisiera vivir, mi propio coche y todo el dinero que pudiera gastar. Le había ido bien en los primeros años de su carrera y había amasado una pequeña fortuna. Le dije que no me casaría con él ni aunque fuera el último hombre sobre la tierra y que, además, ya estaba casado.

—No me lo puedo creer, no me lo puedo creer

—se quejó amargamente Joanne—. ¿Me estás diciendo que escuchaste todas esas tonterías incluso después de que él hubiera abusado de ti diez minutos antes?

—No sabía lo que estaba haciendo o pensando. Mi mente era un caos. Pensé que me iba a hacer una oferta de trabajo que, de alguna manera, si podía aceptar lo que había pasado, tal vez podría aceptar.

—Y tú también habrías aceptado, ¿no? —se burló Joanne—, cualquier cosa por tu preciada carrera de actriz.

—No, creo que pensándolo bien me habría negado. Se había pasado de la raya.

Joanne negaba con la cabeza. Holly derramó unas lágrimas más y se secó los ojos con cuidado. Henry se sintió claramente incómodo, dividido entre apoyar a la mujer que amaba y su instintivo sentimiento de que la pobre Holly había pasado por un infierno y merecía compasión en lugar de incredulidad y condena.

—Debe de haber sido horrible para ti —se compadeció al fin, y Holly le sonrió entre lágrimas. Joanne, observó nervioso, tenía cara de trueno.

—Vamos, Henry —le ordenó Joanne, mientras se ponía de pie—. Nos vamos de aquí.

Henry se levantó torpemente y Holly se sonó la nariz ruidosamente y se levantó también.

—Siento que no me creáis —les dijo Holly—. Cada palabra es la verdad del evangelio.

Joanne murmuró a Holly un gracias por su tiempo y se dirigió decidida hacia la puerta. Henry tocó ligeramente el brazo de Holly, le sonrió, recibió una sonrisa a cambio en el rostro manchado de lágrimas de la chica y se apresuró a salir detrás de Joanne. Ella llegó a su coche, se sentó en el asiento del conductor y se quedó mirando al frente con expresión fija y pétrea. Henry subió al coche y le dijo que lo sentía, que sabía que ella no quería oírlo, pero que Holly le daba pena y pensaba que, en general, estaba diciendo la verdad tal como la recordaba. Joanne se limitó a mover la cabeza negativamente.

—Bueno, ¡gracias por tu apoyo! —gritó Joanne con enfado al final—. Al menos sé que ya no puedo contar contigo.

—Oh no, no digas eso —protestó Henry—. Estoy aquí para ti, sabes que lo estoy.

Joanne le dijo que no creía que lo fuera y empezó a conducir, primero erráticamente y luego muy deprisa, con una expresión sombría y fija en el rostro. Murmuraba en voz baja que ya no podía confiar en él ni en nadie. Redujo la velocidad a un kilómetro y medio de su calle arbolada y se detuvo suavemente frente a su casa, detrás del Escarabajo. No se bajó del coche, sino que se quedó sentada mirando al frente como había hecho delante de la casa de Holly.

—Esa chica miente, estoy segura —murmuró

Joanne—. E incluso si no miente, definitivamente está ocultando algo.

—Puede que tengas razón —estuvo de acuerdo Henry—, pero sentí que decía la verdad. Había algo en su mirada cuando hablaba de los abusos. Vi la misma mirada en la cara de Sharon Jones.

Joanne le miró fijamente, pero no respondió. Luego salió del coche y se dirigió a la puerta de su casa en silencio. Dobbs la siguió con cara de vergüenza. Dentro de la casa Joanne cedió un poco, invitó a Henry a ponerse cómodo en su gran salón y se fue a preparar una tetera. Ella regresó y sirvió en silencio y luego entregó una taza a Henry. Él le puso suavemente la mano en el brazo.

—Estoy de tu parte, de verdad —le dijo en voz baja—. Haría cualquier cosa por ti, ya lo sabes.

—¿Lo harías? —sonrió ella y siguió mirándole a la cara—. Lo peor de todo es que, aunque las dos mujeres digan sólo la mitad de la verdad, ¿qué dice eso de mí y de mi matrimonio?

—No fue culpa tuya que fuera un hombre tan horrible.

—No, ¿pero qué hacía yo casada con él durante veinte años sin sospechar ni la mitad?

Henry puso mala cara e intentó parecer comprensivo. Empezó a murmurar que Joanne era una buena mujer y una esposa leal y que muchas buenas mujeres habían sido engañadas y cruelmente tratadas por gente como Jim Wilson y los de su calaña. Joanne guardó silencio y le volvió la cara. Henry se dio cuenta de que estaba llorando en silencio y se sintió desgraciado. Se secó la cara a propósito y le dijo a Henry que no iba a permitir que un cerdo como su difunto marido la deprimiera.

—Me alegro por ti. Mira, ¿cuál es el mejor restaurante en kilómetros a la redonda por estos lares?

—¿Cuál? —preguntó Joanne, sonriendo—. ¿Quién quiere saberlo?

—Yo quiero. Dímelo.

—Moulin Rouge, supongo, a unos seis kilómetros por la carretera. Aunque es terriblemente caro.

—No importa, te llevaré esta noche, yo invito. Necesitas animarte.

—En realidad no hace falta. Estaré bien en un minuto. —Joanne sonrió.

—Vamos, sin discusión. Será mejor que te pongas tus trapos alegres.

—¿Vamos? Será mejor que me cambie.

CAPÍTULO QUINCE

JOANNE SE PREGUNTABA SI SE TRATABA DE UNA NUEVA faceta de Henry, sentada en el asiento del copiloto del Escarabajo, un poco apretada y nerviosa. Era un hombre extraño, pensó, torpe, un poco desaliñado, con un cabello castaño bastante rebelde y una sonrisa retorcida. Pero no era tan feo cuando se ponía el traje, como hacía ahora, y se esforzaba por estar lo mejor posible. Sin embargo, que Henry fuera el amo y llevara las riendas era algo totalmente distinto, pensó Joanne, sonriendo mientras escuchaba el rugido gutural del motor y sentía todos los baches del pequeño coche al trotar y saltar por una carretera rural. Joanne pensó en decirle que el Moulin Rouge era demasiado caro y que debía insistir en pagar la mitad, pero los ruidos que hacía el Escarabajo casi prohibían una conversación informal. Decidió que ya se lo diría más tarde y se preparó para la sacudida que seguramente le daría un bache. Ser dominante y tomar las riendas no era realmente su estilo, ella lo sabía muy bien, pero lo admiraba por hacer el esfuerzo supremo. Estaba haciendo todo lo posible por ella, y ella sólo podía estar contenta y agradecida. Se había puesto un vestido ajustado de satén negro, uno de sus mejores y favoritos, y se había pasado un buen rato peinándose el cabello con lujo. Además, se echó su perfume favorito.

—Próxima curva a la derecha —le dijo en voz alta, a tiempo—, pero más despacio, es fácil pasarse y la carretera es muy estrecha.

—Tienes razón.

Joanne sonrió de nuevo al pensar en las caras que pondrían los demás comensales si les vieran llegar en el maltrecho Escarabajo. Y menos mal que no llovía, porque éste era el tipo de lugar donde un camarero salía blandiendo un paraguas para acompañar a los clientes al restaurante. Imaginó el desembarco del Escarabajo rojo y la procesión por el camino hasta la entrada con ellos dos y un camarero rígido, con cara seria y armado con un paraguas. La idea le hizo sonreír de nuevo más ampliamente y casi se echa a reír.

—Pareces alegre —comentó Henry al mirarla.

—¿Lo parezco? Bueno, quizá me hayas puesto de buen humor.

Siguieron por la larga y estrecha carretera de curvas hasta que, al acercarse a un cruce, Joanne indicó un desvío a la derecha y advirtió que era aún más estrecho. Henry giró en ella y el Escarabajo dio tumbos y se estremeció a lo largo de lo que era poco más que un camino de tierra. Se preguntaba cómo alguien había encontrado este lugar.

—Uno pensaría eso —asintió Joanne—, y sin embargo el lugar siempre está lleno. Se corre la voz cuando algo es bueno.

Al final de la pista, entraron en un camino que conducía a una casa de fachada amarilla de estilo georgiano, pero que era una reproducción moderna. A la derecha había un amplio aparcamiento y Henry entró en él. Vio un sitio cerca de una pared y le indicó que les vendría bien.

—No Henry, mira, allí entre esos dos coches.

Joanne sonreía. El lugar que indicó era amplio, pero estaba entre un gran *Bentley* y un *Jaguar* de buen tamaño. Henry la miró, pero luego se acercó y aparcó.

—Me encantaría ver la cara de los propietarios cuando salgan —reflexionó Joanne.

—Sabes que tienes un peculiar sentido del humor —le dijo Henry.

En el interior del restaurante, un camarero sonriente les saludó cordialmente. Después de que Henry les indicara tentativamente una mesa con ventana con vistas a los extensos jardines y al

Támesis, se sentaron allí y pronto les dieron las cartas del menú. Joanne se relajó y admitió que le había impresionado que Henry, normalmente tímido y nervioso, tomara las riendas y no se sintiera intimidado, había pedido la mesa que ella quería sin vacilar. Parecía como si de verdad quisiera hacer todo lo posible por animarla y hacer que disfrutara de una buena cena en un entorno encantador. Ella quedó aún más impresionada cuando él sugirió pintada para cenar cuando ella dudaba, y eligió un maravilloso vino francés que ella desconocía. Empezaron con cebada blanca, crujiente y sabrosa.

—En realidad debería ser vino tinto —sugirió Henry suavemente—. Pero creo que éste te va a encantar.

Y así fue, mucho. Junto con la pintada, la patata *dauphinoise* y los espárragos. Henry había cambiado de opinión en el último momento y ahora devoraba faisán asado, patatas fritas de caza y berros. Joanne dejó de comer y sonrió. Se reprendió a sí misma por estar tan sorprendida, recordándose que Henry era jefe de servicio en un hotel de tamaño medio y que debía de haber adquirido muchos conocimientos sobre comida y bebida en su trabajo en restaurantes. Como si sintonizara con sus pensamientos, levantó la vista, sonrió y dijo que aquí era un poco diferente a la comida a la carta del Hotel Carswell Bay.

—Un poco diferente.

Henry le preguntó si quería más vino y, antes de que pudiera coger la botella, apareció el camarero para llenar la copa de Joanne y se disponía a rellenar la de Henry.

—No, gracias, para mí no, voy a conducir.

—No puedo bebérmelo todo —le dijo Joanne, sonriendo ampliamente.

—Bebe todo lo que quieras, no te preocupes —le aseguró Henry.

—Es muy amable de tu parte, Henry, y entiendo por qué haces todo esto por mí. Pero ya estoy bien y tienes que dejarme pagar la mitad de la cuenta. —Joanne negó con la cabeza.

Henry negó con la cabeza. Más tarde pediría la cuenta y sería el único en pagarla. Si éste era el nuevo Henry Dobbs, le dijo Joanne, era muy travieso, pero le agradecía su consideración. Él se encogió de hombros, dijo que sólo era una comida fuera, nada del otro mundo y que todo era de su agrado.

—Bueno, me siento un poco privada por haberme perdido el cóctel de gambas con aguacate —bromeó Joanne mirando a una pareja en otra mesa.

—No te habría gustado —le dijo Henry, captando su sentido del humor.

Joanne se relajó y terminó su pintada, consciente del esfuerzo y de lo mucho que, en contra de sus propias inclinaciones, Henry iba a hacer para complacerla. Empezaba a verle con otros ojos. Aun así, sentía que le debía una explicación por su comportamiento de aquel día.

—Esto es excelente —reflexionó la mujer, relajándose aún más y bebiendo un poco de vino.

—¿No es justo? Has elegido una ganadora, Joanne.

—La cosa es —continuó, poniéndose seria de repente—, que no era sólo desconfianza hacia esa mujer Holly, aunque desconfío de ella. Al oír su historia y recordar la de Sharon Jones, siento que tengo que reevaluar toda mi vida adulta. He vivido con una bestia vil y no me he dado cuenta de quién y qué era. Es difícil aceptarlo.

—No fue culpa tuya —intentó convencerla Henry—. Los cerdos como él pueden ser muy engañosos y tortuosos.

—Sí, lo sé, pero debería haberlo intuido.

—Tal vez. Pero no debías saberlo. Si eres una persona decente ni siquiera puedes imaginar que algo así está pasando.

—No. Y no lo hice.

El camarero se acercó a la mesa. Henry le indicó que podía llenar las dos copas de vino, y así lo hizo.

—¿Es fácil coger un taxi desde aquí? —le preguntó al camarero.

—Sí, señor. Si me avisa diez minutos antes de

que se vaya, se lo pediré. Casi siempre son puntuales.

Joanne enarcó las cejas y le sonrió. Cuando el camarero trajo los menús, Henry sugirió *panna cotta* cremosa con frambuesas.

—No, gracias —canturreó Joanne—, me conformo con una ensalada de fruta fresca y un sorbete. Ya he tenido bastantes emociones por hoy.

CAPÍTULO DIECISÉIS

No estaban borrachos, pero se sintieron agradablemente tranquilos al entrar en el taxi frente a la entrada del hotel. Henry estaba un poco mareado y, desde luego, no apto para conducir, y Joanne estaba más animada, con pocos signos de su depresión anterior, y había desarrollado un ataque de risa tonta. El primer síntoma de esto fue cuando el taxi salió por el aparcamiento y se dieron cuenta de la falta de coches en la explanada. A un lado sólo quedaban cuatro, con el gran *Bentley* todavía en posición y el Escarabajo rojo abandonado a su lado. No había coches cerca a ambos lados.

—Mirad. El gran *Bentley* y su desaliñado retoño. —Joanne soltó una risita.

—Lleva aquí toda la noche —observó Henry—.

Lo más probable es que pertenezca al propietario de este lugar.

—Me encantaría ver su rosotro cuando vea lo que hay junto a su *Bentley* —Joanne sonrió—. Se le fundirá un fusible.

—Espero que esté seguro allí durante la noche —reflexionó Henry.

—¿El *Bentley*?

—No, que le den al *Bentley*. El Escarabajo, por supuesto.

—Probablemente llamarán al chatarrero local y le pedirán que se lo lleve. —Joanne soltó otra sonora carcajada.

Joanne se acomodó en el asiento y sonrió satisfecha, aunque ayudada e instigada por el buen vino francés. Henry le dijo que era una mujer cruel, que amaba aquel viejo motor y le había dedicado mucho cuidado y dinero. Y él aún no había terminado.

—Déjalo, Henry, es mi consejo —le aconsejó Joanne con la voz algo arrastrada—. Te diré una cosa, te vendo el Audi de Jim a precio de saldo. Está guardado en un garaje cerca de ti desde que murió. No lo quiero, siempre fue demasiado grande para mí.

—No gracias, quédate con tu viejo Audi. Soy un entusiasta de los Escarabajos antiguos.

—Oh, tú —respondió ella—, lo conducirás hasta

que se te caigan las ruedas y te quedes sentado en la carretera en un caparazón oxidado.

Ambos se sumieron en un silencio alcohólico mientras el taxi avanzaba por la estrecha carretera y los llevaba finalmente a casa de Joanne. Entraron en el salón y Joanne ofreció a su compañera una copita antes de irse a la cama.

—¿Una copita?

—Un poco de *cognac*. Mejor no mezclar uva y grano.

—Mejor no, no.

Cuando se acomodaron uno al lado del otro en el sofá, con las copas en la mano, Joanne confesó que volvía a sentirse un poco deprimida, pensando en las actividades de Jim. Henry le preguntó con cautela cómo era vivir con él. Si le apetecía hablar de ello.

—Siempre se mostraba frío y distante, a menudo no hablaba durante días, incluso en los primeros tiempos, cuando tenía mucho éxito y ganaba una pequeña fortuna. No podía apartar los ojos de otras mujeres y me decía descaradamente lo que le gustaría hacer con ellas. Sospeché de su infidelidad desde el principio, pero nunca pude probarlo ni inculparlo. Suena patético, ¿verdad? Debería haber sabido lo que pasaba.

—No, él era tu compañero de vida, intentabas ver lo mejor de él y hacer que vuestro matrimonio funcionara.

—Eres muy observador, Henry. No eres tan tonto como pareces—. Joanne sonrió apreciativamente.

—Encantador.

—No, lo siento, eso fue cruel. Y falso. Estoy cansado, un poco borracho, y es hora de ir a la cama.

—Sí, tú y yo.

Joanne le agradeció sinceramente por una noche encantadora, le dijo que había disfrutado enormemente, y que le había animado y ayudado mucho a levantar su depresión. Le puso las dos manos en la cara, le besó en la mejilla y le deseó buenas noches. A continuación, ella se levantó repentinamente, antes de que ocurriera nada más, le dio las buenas noches y se marchó a su dormitorio. Fue un momento agridulce para Henry, que lo disfrutó enormemente, pero quería más. Mucho más. Suspiró, se levantó y se dirigió rápidamente a su dormitorio.

Al día siguiente, Joanne preparó un desayuno ligero para dos personas en el jardín de invierno. Había una mesa y dos sillas, además de cestos y una profusión de plantas y flores. El sol de finales de otoño bañaba toda la habitación, entrando por el techo de cristal.

Cuando Henry apareció, con aspecto algo desaliñado, pero pulcramente vestido con pantalones azul pálido y camisa de cuadros, ella le dijo que sólo había cereales de trigo inflado, fruta fresca y café. Después de la cantidad de comida excelente que habían consumido la noche anterior, ésta era la opción más sensata. Henry sonrió y le dijo que de todos modos quería muy poco, pero aceptó un tazón de trigo inflado con su café.

—¿Azúcar? —preguntó amablemente.

—No hace falta azúcar con el trigo inflado. Pruébalo.

—Podría quedarme otro día y otra noche —sugirió Henry con cara de aprensión. Comió como le habían indicado y comprobó que sabía bien sin azúcar. Joanne estaba sentada a su lado, comiendo fruta fresca y bebiendo café caliente, pero con aspecto sombrío. Cuando él le preguntó por su bienestar, ella le dijo que se sentía un poco deprimida, que durante la noche habían surgido nuevos pensamientos sobre el despreciable Jim y que, además, no le gustaba estar sola una vez que él se había marchado. —Me deben muchas vacaciones.

—No, no —murmuró ella—. Tienes que volver a tu vida en Gales. Ya te he robado demasiado tiempo. Pero te estoy muy agradecida.

—No empiezo a trabajar hasta dentro de dos días.

—Bueno, es muy amable de tu parte, pero no debo aprovecharme de ti.

—No lo estarías. Quiero estar contigo.

La mujer lo miró con nostalgia y sonrió. Le dijo que comiera y luego le llevaría al restaurante a recoger su coche. Si es que no lo habían recogido y convertido en una bola de metal. Henry se estremeció. Pero ella debía insistir en que se quedara a comer. Le prepararía algo rico pero ligero y bajo en calorías. Henry asintió, luchando contra un impulso casi irresistible de decirle que la amaba y que no quería separarse de ella nunca más.

Joanne le dio más café y ambos se dirigieron al restaurante en el Mini de ella. Las carreteras estaban tranquilas, con pocos coches y furgonetas en movimiento. Cuando llegaron al aparcamiento, el Escarabajo seguía abandonado junto al *Bentley*, pero había una nota en el parabrisas en la que se pedía al propietario que hablara con el director de la recepción.

—¡Oh, cielos! —exclamó Joanne riendo—, creo que te va a denunciar por contaminar su *Bentley*.

—Eso no tiene gracia, Joanne —respondió Dobbs, irritado—. Creo que ya te has divertido bastante a costa de mi coche.

—Lo siento —balbuceó ella, incapaz de contener la risa.

Dobbs ya caminaba decidido hacia la recepción del restaurante. Joanne le siguió, tratando de borrar la sonrisa de su rostro. Pronto encontraron al gerente, que salió enérgicamente a la recepción cuando se acercaron, y Dobbs anunció que era el propietario del Escarabajo. La noche anterior habían vuelto a casa en taxi.

—Es suyo, ¿verdad, señor? —le preguntó el gerente, que era un hombre alto y de mediana edad —. Es sólo que nos preguntábamos...

—Si lo hubieran tirado como chatarra —susurró Joanne con picardía.

Dobbs la miró.

—No, no, sólo nos preguntábamos si habíais dejado una nota o se lo habíais dicho a alguien anoche —preguntó el hombre agradablemente.

—Le dijimos al camarero que íbamos a coger un taxi —dijo Joanne—, pero no mencionamos que dejábamos el Escarabajo.

—No pasa nada, señora —continuó el hombre —. Es sólo que es...

—No es el tipo de coche que se ve aquí a menudo —Joanne terminó por él con una sonrisa.

—No, es sólo que los coches no se dejan a menudo en esa parte del aparcamiento —le dijo el hombre cortésmente.

Fuera, en el aparcamiento, Joanne no podía parar de reír, pero Henry no parecía contento. Joanne le pasó el brazo por el suyo mientras caminaban de vuelta al Escarabajo y le dijo que lo sentía.

—Voy a prepararte una comida ligera para que puedas volver a Gales —Joanne le dijo.

—Gracias —dijo Henry con rigidez. Estaba con la mujer de sus sueños y ella no hacía más que burlarse de su querido Escarabajo y hacerle sentir inadecuado. Debió de leerle el pensamiento porque le dijo que sabía que estaba enfadado y que había sido muy mala, pero que le compensaría. Un buen almuerzo, una bolsa con aperitivos para más tarde y, de verdad, muy, muy agradecida por su amabilidad y apoyo.

Conduciendo de vuelta a casa de Joanne, manteniéndose tan cerca como era seguro de su Mini, se aligeró un poco, pero al descartar la burla de su amado Escarabajo como intrascendente y algo de lo que no preocuparse, la mayor preocupación comenzó a deprimirle, despedirse de ella y no saber cuándo, o si, volvería a verla. De vuelta en la casa, ambos parecían bastante apagados. Estaban muy callados, aunque ninguno hablaba de ello. Henry se sentó a leer el periódico de Joanne mientras ella ponía la mesa para su ligero almuerzo.

Puso una ensalada de lechuga, tomate, aguacate y una lata grande de salmón rojo. Henry se acercó a la mesa cuando le llamaron y empezó a comer despacio, picoteando la comida como un niño pequeño al que obligan a comer en contra de su voluntad. A Joanne le ocurría lo mismo que a su invitado, comía despacio, sin apetito y preguntando de vez en cuando si era de su agrado.

—Oh sí, muy sabroso, gracias.

—Pensé que después de la explosión de anoche un poco de moderación estaba en orden.

—Sí. Muy sabio.

Terminaron toda la comida en sus platos y se sentaron complacidos.

—¿Ya has hecho la maleta de viaje?

—Sí, lo hice después del desayuno.

—Bien.

En ese momento los dos se callaron y se quedaron sentados mirando al frente o al mantel hasta que Joanne le dijo que tenía una buena ensalada de frutas y que si quería un poco. Él le dijo en voz baja que sí.

Ella trajo la fruta y dos tazas de café recién hecho, y comieron en silencio. Joanne pensaba que en realidad no conocía a Henry y que el hombre con el que había estado los dos últimos días era otra persona. Y alguien por quien ahora sentía algo muy diferente. Él, sin embargo, iba a volver al sur de Gales y quizá no hubiera otras oportunidades, o más bien razones, para volver a verse. Sugirió que se llevaran el café al salón, donde era más cómodo, y Henry accedió.

Ambos se sentaron a tomar café y a hablar en voz baja sobre el tiempo y los tumultuosos acontecimientos de los últimos días.

Inmediatamente, Joanne empezó a preguntarse si alguna vez llegaría al fondo de la cuestión de la muerte de su marido, pero Henry sonrió y le dijo con confianza que estaba seguro de que lo haría.

—Eres como un perro con un hueso.

—¿Lo soy? —Sonrió ella con afecto.

—Y no vas a parar hasta que hayas resuelto todo el confuso misterio.

—Parece que esa debería haber sido mi frase.

—Y hace unos días, lo habría sido. Tienes que volver a centrarte, Joanne. No pierdas de vista el problema. Puedes solucionarlo tú y sólo tú.

—Sí —aceptó ella, mirándole intensamente—. Tienes razón.

Cuando el gran reloj de pie del vestíbulo marcó las dos de la tarde, Henry levantó la vista y dijo que tenía que irse muy pronto. Joanne asintió a regañadientes. Sin embargo, antes le dijo que tenía algo que contarle. Joanne le dijo que era toda oídos.

—Hacía tiempo que quería decírtelo, pero nunca encontraba las palabras.

—Ahora es el momento, Henry —le advirtió ella, sin saber lo que se avecinaba.

—Bueno, la cosa es que te amo Joanne Wilson y lo he hecho desde que te vi por primera vez. Me doy cuenta, como me dijiste hace tiempo, de que es demasiado pronto para que te plantees salir con otra persona, y lo comprendo. Hay que tener en cuenta tu periodo de duelo.

—No creo que el duelo sea necesario para un monstruo como él ha resultado ser, ¿verdad? —Joanne respiró entre dientes.

—No, quizás no. De todos modos, pensé que deberías saberlo, pero no te molestaré más con eso. Ya es hora de que me vaya.

Henry se levantó bruscamente y salió de la habitación y subió a su dormitorio antes de que Joanne pudiera decir una palabra. En el dormitorio, se apresuró a recoger las cosas que aún no había metido en el bolso y entró en la ducha para lavarse la cara con agua fría y peinarse el cabello. Al salir, se dio cuenta de que no estaba solo en el dormitorio. Joanne caminaba hacia él y, antes de que tuviera tiempo de darse cuenta de lo que ocurría, él la había rodeado con los brazos y ella le había rodeado la espalda con los suyos y la estaba besando.

—¿Tu habitación o la mía? —preguntó Joanne cuando salieron del primer abrazo.

—Bueno, estamos aquí. Esta es la más cercana.

—Así es, quítate la ropa.

Todo sucedió tan deprisa y con tanta naturalidad que a Henry le costó creer que realmente había ocurrido durante algún tiempo después. Cuando terminaron de hacer el amor, Joanne se tumbó completamente estirada en la cama y suspiró profundamente. Henry, reacio a dejar que algo bueno se acabara, siguió besándola:

Los labios, la cara, el cuello, los pechos, el vientre. Finalmente, ella apartó sus labios de su cuerpo y anunció su intención de utilizar su ducha. Henry la siguió y, como ella no intentó impedirlo, se ducharon juntos. Después se secaron y se pusieron juntos la ropa interior. Joanne se sentó a un lado de la cama y Henry se sentó a su lado.

—Bueno, señor Dobbs —expresó ella al fin—, ¿cuántas mujeres ha tenido en su vida?

—Ninguna en realidad.

—¿Ninguna? ¿Dónde aprendió a hacer el amor así?

—En ningún sitio. Me salió de forma natural.

—¡Oh, vamos! Habla ya.

—No, en serio. Sólo he hecho el amor con dos mujeres en mi vida antes de ti y ambas fueron un fracaso.

Joanne lo miraba extrañada y una leve sonrisa de desconcierto se formó en su rostro. Le dijo que era increíble, nadie hacía el amor así sin experiencia.

—Es cierto que no tengo experiencia. Sabía que, si alguna vez hacía el amor contigo, sería perfecto. Contigo sólo podía ser perfecto.

Joanne sonrió, sacudió la cabeza y luego volvió a sacudirla, mirando satisfecha a Henry. Muy pronto se dio cuenta de que estaba llorando, pero no era infeliz. De hecho, todo lo contrario.

CAPÍTULO DIECISIETE

HENRY NO VOLVIÓ A GALES AQUEL DÍA, SINO QUE retrasó su regreso hasta última hora de la tarde del día siguiente. Cuando por fin llegó a su piso, se sentía triste y solo, mucho más solo y perdido de lo que había estado nunca. Sin embargo, esta vez era diferente, esta vez su vida estaba cambiando y nunca volvería a ser el mismo hombre. Antes de marcharse había prometido volver los dos o tres primeros días, cuando estuviera libre de sus obligaciones en el hotel. Joanne había insistido después de una velada en la que se conocieron a fondo, como ella decía, y que culminó con acostarse juntos y hacer el amor una vez más con resultados igualmente satisfactorios para ambos. Al día siguiente, cuando se dirigía a su coche, flotaba en el aire y tuvo que recordarse a sí mismo que debía concentrarse en la carretera y en la conducción, y no en la alegría de descubrir al amor de su vida y de que por fin le respondiera. Al volver al hotel se encontró con un ambiente frenético. El lugar estaba lleno, había gente haciendo cola para salir temprano, el teléfono no paraba de sonar y a las nueve menos diez la recepcionista le informó de que una mujer se había puesto enferma en el número cuarenta y dos y necesitaba una ambulancia. Consiguió organizar la ambulancia con bastante rapidez y supervisó la salida de la paciente del edificio. Sin embargo, todo aquello le produjo una sensación de inquietud y náuseas, se parecía demasiado a los sucesos del día en que encontraron muerto a Jim Wilson. Y demasiado cerca de la habitación cuarenta y cinco.

Después de que la ambulancia se marchara con el chirrido de la sirena, volvió a la habitación y se aseguró de que todo estuviera comparativamente ordenado. Habría que llevarse o enviarle la ropa y el bolso principal de la mujer, pero eso esperaría un rato. Dobbs avanzó por aquel pasillo y comprobó que todo transcurría con normalidad. Comprobó el trabajo de dos camareras y luego buscó y encontró a Sharon Jones.

—¿Estás bien, Sharon? —preguntó solícito.

—Sí, gracias, Sr. Dobbs. Aunque me ha dado un vuelco.

—Sí, ya me lo imaginaba. ¿Siempre y cuando estés bien?

—Estaré bien, Sr. Dobbs —le dijo ella y sonrió ampliamente.

—Bueno, si te sientes rara o incómoda, deja de trabajar y ven a mi despacho.

Sharon le dio las gracias y se lo prometió. Él pensaba en Joanne mientras bajaba de nuevo las escaleras, aunque aquello no era nada nuevo, sólo una intensificación de la situación. Aunque el último día y medio que había pasado con ella había sido maravilloso, seguía teniendo presente que ella seguía sintiéndose deprimida y frustrada por no haber resuelto aún el misterio de la muerte de su marido. Quería hacer lo que fuera necesario, si estaba en su mano. De repente se le ocurrió a él que posiblemente había un eslabón más en la cadena que debía ser investigado. La tercera mujer. Caminaba hacia su despacho, pero dio un brusco giro y se dirigió a recepción.

—Cuando tengas un minuto libre, Jenny —empezó—, ¿podrías comprobar esta cita y ver si alguien llamada Janice Turner se alojó aquí?

Él se apresuró a anotar la fecha de la muerte de Jim Wilson y se la entregó a Jenny.

—Bien, Sr. Dobbs. Lo haré en un momento.

Dobbs sonrió, asintió y caminó lentamente hacia su oficina. No tenía muchas esperanzas de que encontrar a Janice Turner le aportara información útil, pero era algo que aún no se había tratado. Se sentó en su despacho y llamó para pedir su café matutino, que apareció a los pocos minutos. Estaba mordiendo su segunda galleta cuando oyó que llamaban a la puerta. Era Jenny, de recepción, y se dio cuenta de que tenía una hoja de papel en la mano.

—Parece que sí tuvimos a una Janice Turner hospedada aquí esa semana, señor Dobbs —le comentó Jenny.

—Ah, buen trabajo, Jenny. ¿Sabes cuándo exactamente?

—Bueno, parece que llegó el miércoles — continuó la mujer, con cara de desconcierto—. Pero no sabemos cuándo se fue.

—¿En serio? ¿Cómo es eso?

—Bueno, pagó la cuenta al llegar y nadie la vio marcharse. Tenía reserva hasta el sábado por la mañana.

—Mmm. ¿Tienes un número de teléfono?

—Oh, sí, dirección completa y teléfono.

Dobbs le dio las gracias a Jenny y, mientras ella se marchaba, se comió el último trozo de su galleta. Echó un vistazo al papel y vio una dirección en Chiswick, al oeste de Londres, y el número de teléfono debajo. Dobbs guardó la hoja de información en su escritorio y empezó a hacer papeleo.

A última hora de la tarde, cuando todo estaba en

calma y no estaba prevista la llegada de más invitados, cogió el teléfono de su despacho y marcó el número de Joanne. Cuando ella contestó, sintió la punzada en el pecho que siempre sentía al oír su voz.

—Te he echado mucho de menos, Joanne —se quejó Henry—. No veo la hora de que llegue el jueves.

—Sólo me viste ayer —le recordó ella.

—Sí, y odio estas largas separaciones.

Joanne se rio, un agudo sonido de placer. Le aconsejó que se pusiera manos a la obra y se concentrara sólo en eso. Sabía cómo se sentía porque ella misma se había sorprendido echándole de menos también.

—¿De verdad?

—Sí, de verdad. ¿Y ahora qué tienes que contarme?

Dobbs se quejaba de que ella siempre iba un paso por delante de él, pero era cierto, tenía una noticia potencialmente buena. Le habló del nombre de Janice Turner que le venía a la cabeza y de cómo había rastreado su estancia en el hotel en los días vitales.

—Sí, hace tiempo que deberíamos haber investigado los movimientos de esa señora —asintió Joanne— ¿conseguiste una dirección y un número de teléfono? —Dobbs anunció con orgullo que sí.

—Buen trabajo Henry. Déjame coger un bolígrafo y lo escribiré todo.

Ella lo escribió todo y Dobbs le preguntó qué haría después.

—Bueno, nada de mí, todavía —dijo ella con ligereza—. ¿Por qué no la llamas y ves si puedes averiguar algo?

—DE ACUERDO.

—Si no averiguo nada, me encargaré de ella —murmuró Joanne siniestramente—. Y más vale que tenga cuidado.

—Vale. Déjamelo a mí, cariño.

—Cariño, ¿eh? Tantos cariños tan pronto en una nueva relación.

—Lo eres todo para mí, Joanne, lo sabes. No te burles de mí.

—Está bien, Henry —balbuceó Joanne, entre risas—. Lo estás haciendo bien y te lo agradezco. Ahora vete a trabajar, tengo que preparar un té.

La palabra té recordó a Henry que sólo había almorzado algo ligero y que estaría de servicio el resto de la tarde. Se dirigió al comedor y pidió a la camarera de turno que le trajera un bollo, una taza de café y una galleta de chocolate. No era el tentempié más saludable, pero era todo lo que quería y lo que le apetecía. Mientras se sentaba pensativo en el comedor, se preguntó cómo abordar a la mujer Turner. No podía ser directo y preguntarle si se había acostado con Jim Wilson,

¿verdad? O tal vez la relación entre ellos era de otro tipo. No tenía derecho a sacar conclusiones desagradables. El problema era que Wilson no parecía tener ningún otro tipo de relación con las mujeres y el hombre había sido un violador horrible. Bueno, tocaría de oído cuando llegara el momento. Tal vez esa misma noche.

Por el momento, se concentró en su trabajo en el hotel que, según admitió libremente ante sí mismo, pero ante nadie más, había estado descuidando últimamente. Empezó a hacer las pequeñas comprobaciones ordinarias que siempre había hecho pero que había descuidado últimamente, eran el tipo de trabajos que nadie comprobaba nunca, excepto él mismo, por supuesto. Después de una larga ronda de trabajo aburrido, decidió, ya tarde, ir al bar. Allí se llevó un pequeño susto al ver a Sharon Jones sentada en una mesa con aquel hombre, según entendió de Joanne, al que había prometido no volver a ver.

Caminando por la sala hacia el bar era imposible perderse la conversación entre estos dos, la voz estridente de Dougie era alta y agresiva.

—Has dejado que esa mujer arrogante te pase por encima, Sharon —gruñó Dougie.

—Ya te he dicho que no quiero hablar de eso ni de nada contigo.

—Eres una vaca estúpida, Sharon, realmente lo eres.

—Un momento —interrumpió Dobbs—. ¿Este hombre te está molestando, Sharon?

—Sí, Sr. Dobbs, así es. Él se sentó sin invitación en mi mesa, y quiero que se vaya.

—Debo pedirle que se vaya —le dijo Dobbs a Dougie con firmeza, aunque tenía un nudo de miedo en el estómago—. Y, por favor, absténgase de usar lenguaje soez en un bar público.

Dougie se levantó despacio y se encaró con Dobbs, maldiciendo en voz baja y preguntándole quién iba a obligarle a marcharse en contra de sus deseos de hacerlo.

—Lo haré, si es necesario —le dijo Dobbs, al tiempo que trataba de mantener la calma y el control.

Los dos hombres se quedaron mirándose fijamente y había un pequeño grupo de clientes en el bar observando atentamente cómo se desarrollaba este pequeño drama. Henry, medio centímetro más alto, pero ni de lejos tan bien construido, se mantuvo firme y repitió su petición de que Dougie se marchara inmediatamente. Dougie le preguntó quién demonios se creía que era Dobbs y si creía que podía arreglárselas solo. Henry le dijo que, si juraba una vez más en el bar, le echaría personalmente y llamaría a la policía. Dougie se burló e hizo un movimiento como si fuera a golpear a Henry, que de alguna manera se las arregló para permanecer perfectamente quieto.

Luego sacudió la cabeza, sonrió, dijo «a la mierda» a nadie en particular y salió rápidamente del bar.

—Gracias, señor Dobbs —murmuró Sharon, con cara de preocupación—. No le he pedido que se siente conmigo y le he dicho que lo nuestro se ha acabado, pero no me hace caso.

Dobbs sacudió la cabeza y, sintiéndose aliviado y orgulloso de sí mismo, le dijo que no se preocupara. Y que si volvía a acercarse a ella se lo hiciera saber y él se ocuparía de él. Sharon sonrió y le dio las gracias profusamente una vez más y Henry sonrió, asintió y se dirigió hacia la puerta. Por un capricho repentino, se dio la vuelta y volvió con Sharon a su mesa.

—¿Conoces por casualidad a una mujer llamada Janice Turner, Sharon?

—No, nunca he oído hablar de ella. —Sharon sacudió la cabeza rápidamente.

—¿Estás completamente segura?

—Absolutamente.

—Muy bien, gracias, Sharon. Y buenas noches.

Había muy poca gente en el hotel en ese momento y Henry estaba empezando a sentirse cansado. Volvió a su oficina y se sentó tranquilamente durante media hora haciendo trabajo innecesario.

Por fin solo, en su habitación del hotel, Dobbs se preguntaba cómo abordar la llamada telefónica a Janice Turner. No sería fácil, y quería allanar el camino para que Joanne hablara con ella como, estaba seguro, ella querría. Finalmente, decidió dar el paso, descolgó el auricular y marcó su número.

—¿Señorita Turner?

—Sra. Turner. Sí, ¿qué quiere?

—Me llamo Dobbs, Sra. Turner, y soy el gerente del Hotel Carswell Bay en el sur de Gales. Creo que se hospedó en el hotel hace poco.

—Así es.

—¿Conoció a un hombre llamado Jim Wilson, un comediante?

—Sé lo que era, y si hablé con él es asunto mío y nadie más tiene que saberlo.

Henry se maldijo por no haber abordado su misión de forma menos directa. Sabía que tenía que haber explicado antes el motivo de su pregunta, pero no se le había ocurrido. Se disculpó rápidamente y le dijo que sólo estaba haciendo algunas averiguaciones en nombre de la esposa de Wilson, que intentaba hacerse una idea de lo que le había ocurrido a su marido en los últimos días de su vida. La Sra. Wilson tenía en su poder un libro de bolsillo con el nombre de la Sra. Turner.

—¿Y qué?

—Bueno, se suponía que él la conocía a usted y que usted se reunió con él allí —tartamudeó Henry inquieto, con la voz algo quebrada por el nerviosismo—. ¿Le conociste allí?

—Eso no es asunto suyo, señor Dobbs, como acabo de decir.

Henry respiró hondo. Le dijo amablemente que sería muy útil para la Sra. Wilson que le comunicara el contenido de cualquier conversación con Jim Wilson. La Sra. Wilson estaba disgustada porque sabía muy poco sobre la repentina muerte de su marido, y él intentaba ayudarla hablando con las personas que lo conocieron durante sus últimos días. Seguramente, podría entender la difícil situación de la pobre mujer.

—Si hablé con él, y no digo que lo hiciera, si la Sra. Wilson tiene preguntas que hacerme al respecto, debería hablar conmigo ella misma.

—Sí, sí, por supuesto —aceptó Henry rápidamente—. Sólo intentaba ayudarla haciendo de intermediario.

—Bueno, no tengo nada que decirte —respondió ella acerbamente—. Adiós.

Henry se quedó con un auricular en la mano y nadie al otro lado. Colgó el auricular y suspiró. Se había metido en un buen lío, se reprochó. Y probablemente había dificultado aún más la conversación con Joanne. La llamó, le contó el contenido de la breve conversación y se disculpó por haberle hecho la vida imposible.

—No debería preocuparme, Henry —le

respondió Joanne—. Demuestra que tiene algo que ocultar y que no será fácil hablar con ella.

—Me siento mal, debería haberlo pensado antes.

—Involucrar al cerebro antes de abrir la boca, ¿eh?

—Exactamente. Lo siento, Joanne.

—No te preocupes, eres un buen chico. Me ocuparé de esa mujer tan pronto como bajes. Le haremos una visita juntos.

—Te echo tanto de menos, Joanne, no puedo esperar.

CAPÍTULO DIECIOCHO

LENTAMENTE, HENRY SE ESTIRÓ Y PALPÓ CON LOS dedos el suave y rico tejido de las sábanas y la almohada. El calor de las sábanas le rodeó todo el cuerpo mientras hundía los dedos de los pies en la tela de la parte inferior de la cama. Respiró hondo de satisfacción y exhaló lujosamente. Fuera hacía una tarde fría, así que el lujo de la cama era especialmente reconfortante. Joanne se removió momentáneamente a su lado y estiró las piernas hacia abajo como había hecho él, pero sin llegar al fondo de la cama. Henry suspiró satisfecho.

—No estoy segura de estar de humor para hacer el amor —suspiró Joanne suavemente.

—Oh, no hay problema —protestó Henry—. Podemos quedarnos aquí tumbados un rato.

Joanne volvió a estirarse y se recostó, apoyando la cabeza en la almohada.

—Nunca dije que no se me pudiera poner de humor —susurró Joanne con una sonrisa—. Con la estimulación adecuada.

—Ah.

Henry se giró hacia ella con impaciencia, pero con paso lento para no parecer demasiado ansioso. Sus labios acariciaron suavemente los pezones de Joanne antes de llevarse un pecho entero a la boca. Primero el derecho y luego el izquierdo. La oyó suspirar satisfecha. Poco a poco, con infinito cuidado, sus manos recorrieron el cuerpo de Joanne, bajaron lentamente y rodearon suavemente las nalgas. Con la cara cerca de la de ella, percibió su respiración tranquila y uniforme. Le besó los labios y continuó explorando las partes inferiores de su cuerpo mientras sentía la mano de ella acariciándole suavemente el pecho y el abdomen. Entonces su dedo buscó la humedad de abajo y la encontró rápidamente y comenzó, lentamente, una investigación más considerada. Joanne susurró que creía que la estimulación estaba funcionando, pero que él debía continuar. Así lo hizo. Cuando se dio cuenta de que Joanne le presionaba suave pero insistentemente los hombros hacia abajo, bajó siguiendo las indicaciones de sus manos e instintivamente se dio cuenta de dónde quería que pusiera los labios. Los puso allí. Al cabo de un rato, cuando los sonidos de su respiración disminuyeron un poco, se levantó hasta quedar de nuevo frente a ella y volvió a poner el dedo donde había estado la lengua.

—Creo que ahora estoy de humor —comentó Joanne suavemente.

Él le besó la mejilla.

—Y tú también —le dijo ella bajando la mano hasta su muslo.

—Hace tiempo que lo estoy —le aseguró él.

—Oh, eso está bien.

Sus cuerpos se movieron rítmicamente hasta que terminaron de hacer el amor y se separaron, pero sólo para tumbarse boca arriba y apoyar la cabeza en las almohadas. Joanne dio un largo suspiro y se quedó en silencio. Henry le preguntó si estaba cómoda.

—Lo estoy —le aseguró—. Y muy contenta de que todo haya ido bien—.

—¿Qué significa eso?

—Bueno, estaba ansioso por saber si la primera vez fue casualidad—.

—Ya te lo he dicho antes —respondió Henry con altivez—. Nunca podría ser una casualidad contigo. Eres mi alma gemela.

—¿Lo soy?

—Sabes que lo eres.

Por primera vez desde que había salido de casa de Joanne hacía una semana, Henry empezó a tener sentimientos de inseguridad. No había esperado que ella llegara a amarlo o, al menos, a dejar que le hiciera el amor, pero ahora se preguntaba si podría continuar o si ella se cansaría de él y buscaría a otro, alguien más mundano y experimentado. Era una sensación incómoda y completamente irracional, tenía que admitirlo, después de una sesión de amor tan intensa. Sin embargo, su falta de experiencia con las mujeres a lo largo de los años y su carácter tranquilo y poco competitivo podrían jugar en su contra. Henry había leído en alguna parte que la mayoría de las mujeres prefieren a los hombres fuertes y dominantes que toman las riendas de cada situación.

—¿Un penique para ellas? —Joanne susurró.

—Estaba pensando en lo maravilloso que es esto y me preguntaba si podría continuar.

—Bueno, tendremos que levantarnos pronto —le dijo Joanne sonriendo.

—No quise decir eso.

—Bueno, ¿qué querías decir?

—Nada.

Joanne le dijo que no quería moverse durante un rato si él se conformaba con seguir allí tumbado. Lo estaba. Le pidió que le hablara un poco de él antes de conocerse. Primero le preguntó si era galés.

—No, nací en Coventry y nos mudamos a causa del trabajo de mi padre cuando tenía tres años.

—Entonces, ¿has tenido mucho tiempo para acostumbrarte al lugar?

—Sí, pero no me siento como en casa. De alguna manera, siempre me he sentido más inglés.

—¿Y cómo llegaste a trabajar en un hotel?

—Sólo me interesaban dos cosas: La mecánica de motores y la comida y la bebida. Era demasiado torpe e inútil con las llaves inglesas y esas cosas para ser mecánico de coches, así que fui a la escuela de hostelería y a partir de ahí se desarrolló todo.

El sol de invierno se filtraba por las rendijas de las cortinas del dormitorio. Se tumbaron en silencio, contentos de donde estaban y sin ganas de seguir explorando la conversación. En algún lugar de la planta baja, un reloj dio tres fuertes campanadas.

—No deberíamos estar aquí en la cama a las tres de la tarde —se quejó Joanne.

—No.

—Así que deberíamos levantarnos, ducharnos y pensar cómo tratar con la Sra. Janice Turner.

—Supongo que sí, sí.

—¿Cómo debo acercarme a ella, Henry?

—Ella fue muy cautelosa y reticente conmigo. Tendrás que ser muy persuasivo, pero no agresivo.

Ella asintió con la cabeza, añadió que no se desanimaría y que tenía la intención de averiguar el alcance de la relación de la mujer con Jim. Saltó de la cama y se dirigió a las duchas, seguida casi al instante por Henry. Cuando ambos se hubieron duchado y vestido, bajaron las escaleras, donde Henry fue enviado a la pequeña sala de estar y Joanne fue a preparar una tetera.

Mientras tomaban el té y los bollos recién hechos que Joanne había horneado ella misma aquella mañana, discutieron la mejor manera de tratar a la señora Turner.

—Ella es muy irritable —observó Henry.

—Yo la tranquilizaré —le dijo Joanne.

—Adelante entonces.

Joanne descolgó el auricular y marcó el número. Una voz de mujer, que sonaba aprensiva, saludó y preguntó quién estaba allí.

—Sí, esperaba su llamada.

—No pasa nada, señora Turner, estoy hablando con todos los que conocieron o tuvieron algún contacto con mi marido durante sus últimos tres días para intentar averiguar qué le pasó.

—Bueno, nunca le hice daño, se lo puedo asegurar.

—Seguro que no. No, es sólo una breve charla, si no le importa.

—No he hecho nada de lo que avergonzarme. Todo lo contrario, de hecho.

—Te creo, de verdad. Entonces, ¿podemos vernos y charlar, por favor?

—De acuerdo.

Joanne le dio las gracias y quedó en llamarla a su casa pasado mañana por la tarde. Sonrió a Dobbs y le dijo que todo estaba arreglado. Realmente es fácil cuando sabes cómo hacerlo.

—Ella no fue tan complaciente conmigo.

—Te falta el encanto persuasivo.

Dobbs hizo una mueca y terminó su bollo. Joanne bebió un sorbo de té, mirando atentamente la cara de Henry, y girando la suya hacia los lados y hacia atrás mientras lo miraba.

—¿Qué?

—Tu cabello —dijo ella—. Podría hacerlo parecer más moderno y elegante. ¿Me dejarías?

—Por qué, ¿qué tiene de malo mi cabello?

—Sólo necesita elegancia y un aspecto de hoy. Te haría parecer años más joven—.

—¿Lo haría?

—Sí. Y no te preocupes, Henry. Yo era peluquera profesional antes de casarme. Estás en buenas manos.

El abogado de Joanne estaba en la calle principal del pueblo de al lado donde vivía. Sólo tardaron quince minutos en llegar en el Mini y eso incluía encontrar una plaza de aparcamiento que ofrecía dos horas gratis. Henry y ella se bajaron del coche y entraron en las instalaciones de Gordon Morris y socios y llamaron a la puerta de su despacho. Una secretaria apareció de la nada y les hizo pasar mientras Gordon estrechaba su mano y la de Henry cuando Joanne le había presentado. Era un hombre corpulento, de cabello gris y cejas pobladas, pero tenía una sonrisa cálida y una personalidad agradable.

—Tengo el documento del abogado de su difunto marido —le dijo Gordon, dando golpecitos a una carpeta que tenía delante en su escritorio. Joanne sonrió y asintió.

—Es más o menos como le comuniqué por teléfono —le informó el abogado—. Hizo este testamento unos tres meses antes de morir, pero nunca lo firmó.

—Entonces, ¿no sería válido ante un tribunal? —preguntó Joanne frunciendo el ceño.

—No, no. Tal como están las cosas, todo te corresponde a ti como pariente más cercano—.

—Eso será satisfactorio —le dijo Joanne, con una sonrisa—. Sólo por interés, sin embargo, ¿me puede decir los detalles?

—Bueno, te dejó la casa a ti y algo de dinero, aunque había una gran suma de dinero en efectivo que pretendía dejar a una mujer llamada Holly Roberts.

Joanne contestó, honestamente, que su marido nunca había mencionado a nadie llamada Holly Roberts, pero supuso que eso no importaba ahora.

—No, no, tienes razón. Por supuesto, estoy seguro de que podrías localizarla si quisieras cumplir sus deseos —dijo Gordon tentativamente, levantando una ceja.

—Sí, ya veo.

—¿Quiere que ponga en marcha algunas averiguaciones?

—Déjamelo a mí, Gordon, ¿quieres? Te avisaré si decido seguir adelante.

—Por supuesto.

Mientras volvían al coche de Joanne, Henry comentó que había tenido suerte de olvidarse de firmar su testamento. Joanne sonrió ampliamente.

—¿No fue justo? Esto le daría a Holly Roberts algo por lo que llorar si lo supiera.

CAPÍTULO DIECINUEVE

SALIERON DE LA AUTOPISTA M4 A LAS DOS Y MEDIA, lo que les dio media hora para encontrar la casa de los Turner en Chiswick. Avanzando lentamente por la calle principal de Chiswick, Joanne miró el navegador y oyó la voz que le decía que siguiera por esta carretera durante un kilómetro y medio. Henry acababa de volver en sí tras haberse quedado dormido en el coche cerca de Slough y Joanne le había dejado solo.

—Cada vez pienso más —le dijo al ahora despierto Henry—, que una de estas mujeres tiene la clave de lo que realmente le ocurrió a Jim aquella última noche.

—¿La que vio en su última noche? ¿Holly Roberts?

—Posiblemente, pero ¿cómo sabemos que ella fue la última persona que le vio aquella noche?

Henry negó con la cabeza. Joanne le miró brevemente a la cara y volvió a centrar su atención en la carretera, ya que el tráfico se espesaba lentamente a medida que avanzaban. Ella propuso que Janice Turner podría haber sido una pieza clave. Henry opinó que pronto lo descubrirían.

—No necesariamente, Henry. Sólo si dice la verdad, y la única constante con la que nos hemos topado con los otros dos es que no dijeron la verdad. Al menos al principio.

El GPS indicó a Joanne que tomara el segundo desvío a la izquierda a medida que avanzaban por la calle principal. Hizo lo que le indicaba, pero se dio cuenta de que había girado a la derecha y luego a la izquierda, y se encontró de nuevo en la calle principal que acababan de dejar, pero en dirección contraria.

—Esta maldita cosa no sirve para nada —gruñó Joanne.

—Tal vez nos hayamos saltado un desvío —se ofreció Henry, pero Joanne se limitó a maldecir.

Les aconsejaron que tomaran el segundo desvío a la derecha y esta vez resultó ser la carretera que buscaban. Henry señaló el número correcto y Joanne aparcó el Mini frente a una pequeña casa victoriana adosada. Subieron por el corto camino de entrada, llamaron al timbre y fueron recibidos en la puerta por una mujer que Joanne juzgó de unos treinta y seis años más o menos, unos diez años más joven que ella. Era de estatura media, cabello castaño oscuro y, Joanne tuvo que admitirlo, bastante atractiva en un sentido obvio. Joanne presentó a Henry como su compañero y la mujer le sonrió y le estrechó la mano sin fuerzas. Los llevó a su pequeño salón con vistas a la calle, los acomodó y les ofreció una taza de té.

—No, gracias, ya tomamos una antes —respondió Joanne, y Henry asintió con la cabeza.

—Sólo tengo una o dos preguntas —dijo Joanne con voz conciliadora—, nada siniestro.

Henry miró a su alrededor y la pequeña habitación en la que se encontraban le pareció un tanto claustrofóbica. Era pequeña, pero estaba abarrotada de muebles de color marrón oscuro, incluidos los sillones en los que Joanne y él estaban sentados. El papel pintado tenía un diseño complejo, en el que predominaban los garabatos de color marrón oscuro y naranja. Joanne tuvo una sensación parecida.

—Voy a responder a sus preguntas —dijo la mujer—. Pero primero, ¿responderá a una de las mías?

—Por supuesto.

—¿Estaban usted y su difunto marido muy unidos? ¿Felizmente casados?

—No, ni mucho menos. Las relaciones habían

mejorado un poco en los últimos meses, pero estábamos muy enfrentados. —Joanne sonrió.

—Sí, me lo preguntaba. —La mujer sonrió.

Joanne enarcó una ceja en modo interrogatorio, pero la mujer no ofreció nada más al respecto. La señora Turner les dijo entonces que les contaría su historia, completa, pero les pidió que no interrumpieran y que no hicieran ninguna pregunta hasta que ella hubiera terminado.

—De acuerdo —declaró Joanne en voz baja, pero con aire aprensivo.

—Sí, estoy de acuerdo —añadió Henry.

Janice respiró hondo y luego, con la expresión más anodina que pudo, comenzó:

«Conocí a su marido hace poco más de dos años. Había ido a verle a un espectáculo en el teatro local, cerca de aquí, con una amiga, Joan, que había trabajado en el mundo del espectáculo y me había prometido presentarme a Jim Wilson después de la función. Sé que en aquella época había perdido mucha popularidad, pero esa noche en particular estuvo brillante. Era una obra cómica, muy divertida, y él me demostró que era un actor y cómico realmente bueno.

»Después del último telón, Joan cumplió su palabra, me llevó a su camerino y me presentó. Estuvo encantador, tal vez un poco arrogante, pero me hizo reír de nuevo y luego nos invitó a quedarnos y tomar una copa de vino con él, para ayudarle a relajarse después del espectáculo, como él dijo. Joan dijo que era muy amable por su parte, pero que tenía que irse y, por supuesto, yo acepté. Me preguntó si tenía tanta prisa como mi amigo y, en un momento de debilidad, le dije que no, a lo que él respondió que estaba decidido, yo me quedaría para ayudarle a relajarse y Joan seguiría su camino. Joan me miró mal, pero al final se marchó, y yo me quedé, bebí vino y charlé con él durante casi una hora. Me dijo que tenía que relajarse después de cada actuación y que era difícil, a veces imposible, a menos que tuviera una mujer atractiva con la que hablar y compartir un vaso o dos de buen vino. Le pregunté si tenía una mujer esperándole en casa, pero sonrió y me dijo que no, que él y su mujer estaban separados desde hacía más de un año. De hecho, pronto se mudaría de la casa que compartían y estaba tramitando el divorcio.

»Veo que estás deseando entrar, pero, por favor, como te pedí, nada de interrupciones hasta que termine. De todos modos, aunque estaba lleno de encanto y charla, nunca me convenció del todo, ni siquiera al principio. Había algo en sus modales que no me cuadraba. En retrospectiva, debería haber confiado en mi instinto inicial y no haber dejado que se desarrollara nada, pero en aquel momento estaba pasando por un doloroso divorcio y supongo que su fama y su encanto me afectaron y, sí, me sentí halagada por la atención que me prestó. Me convenció para que saliera con él el fin de semana siguiente y a partir de ahí la cosa fue a más.

»Debo decir en este punto que me resistí a sus frecuentes intentos de que me acostara con él, pero después de poco tiempo y mucha presión accedí a pasar una noche con él en un hotel de un pueblo tranquilo donde me dijo que todo el mundo era muy discreto, y que todo iría bien».

En ese momento Janice se interrumpió y miró apenada a Joanne y Henry.

—Lo siento, pero no me siento cómoda con todo esto y vuestro compañero en la habitación. Es una charla de mujeres.

—Lo entiendo —convino Joanne en voz baja.

—¿Queréis que salgamos a dar un paseo? Henry sonrió.

—¿Te importaría mucho? Lo siento.

Henry le dijo amablemente que no y se levantó.

—Hay un pub bastante bueno al final de esta calle —le contó Janice a Henry—. Gira a la izquierda en mi jardín y está al final a la derecha.

Henry se marchó después de tocar ligeramente con la mano a Joanne. Janice volvió inmediatamente a su historia:

«Bueno, él me embriagó con brandy en el hotel, y era obvio que todo lo que quería era llevarme a la cama. Es fácil ser sensata a posteriori, pero en aquel momento me sentí incómoda y al principio me resistí. Era un amante bastante pésimo, lleno de su propia necesidad de gratificación y brusco y descuidado, pero sospecho que usted tuvo experiencias similares. No, por favor, todavía no, no digas nada. De todos modos, ahí estaba. Fue el comienzo de una larga historia en la que me prometía matrimonio constantemente, me decía que los trámites de divorcio iban a seguir adelante después de conocerle unos ocho meses y todo tipo de razones para el retraso en los doce meses siguientes que yo debería haber entendido como palabrería y excusas para la falta de acción.

»Me encontraba en un momento bastante difícil de mi vida tras mi reciente divorcio, sé que no es una gran excusa, pero el caso es que era terriblemente vulnerable. Con el tiempo, he ido ganando confianza en mí misma y me he dado cuenta de que Jim Wilson me estaba tomando el pelo. El problema era que yo no quería creerlo, quería creer desesperadamente que se preocupaba por mí y que quería divorciarse de ti y casarse conmigo. Desde luego, me había dicho muchas veces que ésa era su intención.

»No era cierto. Cada vez que intentaba obligarle a hacer algo, había una buena razón por la que aún no podía hacerlo. Una nueva contratación en Escocia o en el norte de Inglaterra eran las favoritas, al igual que la de que estabas muy enfermo y tenía que cuidarte y andarte con cuidado hasta que te recuperaras.

»Hubo buenos momentos, por supuesto, pocos y distantes entre sí, pero los hubo, como la reserva de una semana en las Islas del Canal en verano. En aquella ocasión me acompañó durante toda la semana, en un hotel encantador, y me llevó a hacer turismo o a varias playas durante el día, cuando no estaba trabajando. Aquella semana casi me convenció de que iba en serio y de que le importaba un poco, pero cuando terminó, volvimos a las evasivas y las mentiras y a las constantes demandas de más y más sexo.

»Sé qué pensarán que no sólo soy vulnerable, sino también estúpida y espesa, y se preguntarán por qué me aceptaron. Sólo puedo alegar que estaba desesperada por salir de mi monótona existencia en esta casita y que él me pareció al principio mi salida. Al principio me sentí muy atraída por él y durante varios meses creí que lo amaba. Él podía ser encantador en raras ocasiones y, por supuesto, era muy buen actor. Al final, tarde, me di cuenta de que me estaba tomando el pelo, siempre lo había hecho, y de que la aventura no iba a ninguna parte. También me di cuenta, más o menos en ese momento, de que me había encaprichado de él o había quedado deslumbrada por su fama y que nunca le había amado de verdad. Desde luego, él nunca me quiso.

»En cuanto al viaje al sur de Gales, se había pasado mucho tiempo diciéndome que era un lugar precioso y que podíamos pasar una semana de vacaciones saliendo durante el día, como habíamos hecho en las Islas del Canal. Por fin había entrado en razón y le dije que tenía compromisos importantes con unos parientes durante la mayor parte de esa semana. Se quejó amargamente, me dijo que estaba perdiendo una oportunidad de oro, pero al final se fue sin mí. El lunes por la noche, a última hora, recibí una llamada en la que me pedía que fuera el miércoles. Al principio me resistí, pero fue muy persuasivo, se ofreció a enviarme dinero para el hotel y los gastos de viaje, y de repente pensé: ¿Por qué no?

»Mi plan era ir y enfrentarme a él el miércoles por la noche, cuando volviera del teatro, deshacerme de él de una vez por todas, decirle que lo había superado, que había entrado en razón y que eso era todo. Una vez que me hubiera librado de él, tendría el resto de la semana para mí sola, como vacaciones, haciendo lo que quisiera. Había pagado la cuenta del hotel por adelantado con el dinero que me había enviado, así que no podía cambiar eso. Lo tenía todo planeado, ése era mi plan y pensaba llevarlo a cabo. Sin embargo, de alguna manera, estos planes tan cuidadosamente pensados suelen salir terriblemente mal, y eso fue lo que ocurrió.

»El miércoles por la tarde llegué tarde, me bañé y cené tranquilamente en el restaurante. Cuando Jim volvió, estaba encima de mí. Sus manos por todas partes, y tuve que luchar furiosamente contra él y convencerle de que teníamos que hablar, en serio. Entonces, le dije que todo había terminado entre nosotros. Sabía que nunca llegaríamos a nada y que, de todos modos, ya lo había superado. Inmediatamente montó en cólera, la peor que había experimentado con él o con cualquier otra persona. Tardó mucho, pero cuando se calmó, me dijo que quería hacer el amor conmigo. Llevaba toda la semana esperando y no aceptaba un no por respuesta. Le dije que no había ninguna posibilidad, ni en un millón de años. Lo siguiente que supe fue que me estaba inmovilizando en la cama y procediendo a hacer lo que quería. Luché como una loca, pero fue inútil, era demasiado fuerte para mí.

»Tan pronto como se salió con la suya, se levantó y salió de mi habitación para volver presumiblemente a la suya. Yo me quedé allí sintiéndome maltratada y desdichada, sucia y desolada».

—¿Lo denunciaste a la policía? —preguntó Joanne en voz baja.

—¿Cómo iba a hacerlo? —inquirió Janice, con lágrimas en los ojos—. Lo había estado viendo regularmente durante casi dos años, lo había seguido hasta el hotel, y él me había enviado dinero para pagar la cuenta del hotel...

—Pero te violó —gruñó Joanne, furiosa.

Janice asintió con la cabeza, cogió un pañuelo del bolso y se secó los ojos, pero no dijo nada. Joanne se levantó, se acercó a Janice, se sentó cerca de ella y le puso la mano en el brazo. Le dio las gracias en voz baja por contarle su historia y le aseguró que le había servido para relativizar muchas cosas.

—Bueno, después de lo que yo había sufrido, supe instintivamente que tú debías de haber sufrido con él y me decidí, cuando llamaste por teléfono, a contártelo todo—.

—Créeme —imploró Joanne—, no tenía ni idea de que fuera el monstruo que resultó ser. ¿Sabes que ese hombre violó a tres mujeres en tres noches consecutivas?

—¿Seguro que no?

—A usted el miércoles, a una joven camarera el jueves y a la joven asistente que le ayudaba con su espectáculo. No estoy segura de la última, pero apuesto a que sí—.

—Oh, querida —suspiró Janice—, ¿cómo he podido ser tan estúpida e ingenua?

—No hace falta que te lo reproches —le replicó Joanne—. ¿Qué me dices de haber vivido con ese cabrón durante veinte años y ni siquiera haber sospechado lo peor de él?

Janice parecía perpleja y Joanne negó con la cabeza. Le dio las gracias a Janice por su sinceridad y por contárselo todo así. No debió de ser fácil. Janice esbozó una sonrisa triste y sugirió que las mujeres como ellas debían permanecer unidas. Joanne estuvo de acuerdo.

En ese momento, Janice insistió en prepararles una tetera y se marchó a la cocina. Joanne se quedó pensando en todo lo que la otra mujer había compartido y empezó a sacudir la cabeza en un gesto de incredulidad. ¿Realmente podía haber tenido esa doble vida durante más de dos años sin que ella se diera cuenta de que algo andaba terriblemente mal?

Janice regresó, pero antes de que pudiera dejar la bandeja del té, sonó el timbre de la puerta principal.

—Ése será Henry, justo a tiempo para el té —avisó Joanne.

Cuando entró, preguntó solícito si había vuelto demasiado pronto y ambas mujeres le aseguraron que no, las tres se acomodaron y se tomaron el té. De algún modo, la conversación entre las dos mujeres se apagó, muy probablemente porque ninguna se sentía cómoda repasando el monstruoso comportamiento de Jim Wilson delante de Henry. Entonces la conversación giró en torno a lo lejos que tenían que viajar Joanne y Henry.

—Justo al sur de Windsor —confesó Joanne.

—Ah.

—Estaremos de vuelta en menos de una hora. Si evitamos el tráfico de la hora punta—.

Esta fue la señal para marcharse, y se fueron después de agradecer a Janice su honestidad y atención al detalle. Ella los despidió con la mano desde el umbral de la puerta y el pequeño Mini se alejó calle abajo.

—Pobre mujer —dijo Joanne mientras conducía despacio fuera de Chiswick en dirección a la autopista—. Ese bastardo le hizo pasar un mal rato.

—¿En serio?

—Sí, te ahorraré los detalles espeluznantes.

—¿Entonces le creíste?

—Oh, sí, no se podría inventar lo que pasó.

El tráfico era cada vez mayor en la M4, por lo que el progreso era lento, pero aun así lograron llegar a casa en cincuenta minutos. Una vez dentro de la casa, con la calefacción encendida, pues hacía frío, Joanne, que había permanecido callada durante la mayor parte del viaje, se puso más locuaz. Le dijo a Henry que no tenía ni idea de la clase de monstruo que había sido su difunto marido, pero que él se había superado a sí mismo y eso decía poco o nada de su capacidad para juzgar el carácter o de sus dotes de observación.

—No deberías culparte —le aconsejó Henry—. La gente malvada y retorcida como ésa es demasiado ordinaria y plausible la mayor parte del tiempo. Así es como se salen con la suya.

—Sí, no te equivocas —coincidió Joanne lanzándole una mirada cariñosa.

—Anímate Joanne, estoy contigo.

—Sí, lo sé —le dijo ella, sonriendo todavía—. El problema es que todavía no tengo ni idea de cómo murió ese cabrón, y quiero saberlo ahora, más que nunca.

CAPÍTULO VEINTE

Era una tarde de invierno muy fría y miserable y, aunque se estaba secando bien, antes había llovido mucho. Joanne estaba sentada en su salón, con dos lamparitas encendidas, a pesar de que sólo eran las dos y diez de la tarde. Las lámparas la hacían más acogedora y disminuían la depresión que sentía por el tiempo gris y apagado. También echaba mucho de menos a Henry y eso la sorprendía. Nunca se había sentido deprimida y sola durante las largas semanas que Jim había estado fuera y nunca le había echado de menos ni había anhelado su regreso. También se le ocurrió que las muchas pequeñas cosas inexplicables que sucedían cuando él se iba o las extrañas ausencias que nunca tenían sentido ahora le parecían perfectamente lógicas, eran momentos en los que él estaba con Janice, prometiéndole Dios sabe qué y exigiéndole cosas extravagantes.

Ahora, sin embargo, ella se sentía sola y perdida y quería ver a Henry Dobbs a su lado. Nunca se había sentido perdida ni sola en las semanas posteriores a la muerte de Jim, sólo inquieta por su fallecimiento y la forma en que se produjo. Miró el reloj de la pared y se dio cuenta de que apenas se había movido desde la última vez que lo había mirado, hacía unos diez minutos. Henry telefoneaba a esa hora todas las tardes y, si no lo hacía, lo llamaba ella. Se sorprendió a sí misma pensando que se estaba impacientando por su llamada, pero ¿por qué? No le parecía un hombre fino, fuerte y apuesto, con su sonrisa ladeada y su aspecto desgarbado. Bueno, llamaría pronto y, si no lo hacía, ella le llamaría y le preguntaría por qué la abandonaba.

Henry llevaba fuera más de dos semanas y estaba muy ocupado recuperando el tiempo libre que había tenido recientemente con una serie de tareas adicionales. Sin embargo, así era Henry, ansioso por recuperar su tiempo libre y volver a ganarse el crédito de sus jefes. Era un hombre que instintivamente siempre hacía lo correcto, intentaba decir siempre lo correcto y no soportaba defraudar a nadie. Así lo veía ella y eso era lo que poco a poco había empezado a gustarle de él. Y en cuanto a sus proezas como amante, no tenía por qué pensar en ello. Al menos no en aquel momento.

Joanne dio un sorbo al café que había preparado hacía un rato y que ahora estaba casi frío. En su mente repasaba lo que había dicho Sharon Jones, las experiencias descritas por Holly Roberts y las sorprendentes revelaciones de Janice Turner. ¿Podrían haber dicho todas la verdad? Por otra parte, pensó, ¿qué probabilidades había de que las tres mintieran?

Cuando sonó el teléfono, la sorprendió su repentina y vibrante intrusión en su ensueño. Lo cogió rápidamente.

—Hola Joanne, ¿cómo estás?

—Henry, llegas tarde llamándome.

—Sí, un poco de alboroto y molestias aquí en el restaurante. Tardé un poco en resolverlo. Lo siento.

—No pasa nada. Mira, ¿cuándo vas a volver?

—Debería hacerlo el jueves.

—Escucha, Henry —le dijo Joanne en su tono más autoritario—, tengo un amigo en un hotel al final de la carretera, a medio camino entre aquí y Heathrow, y me ha dicho que están buscando otro jefe de servicio.

—¿En serio? No pensé…

—Hablamos de esto.

—Oh sí, es sólo que no esperaba nada tan pronto.

—Bueno, le dije lo que haces y dónde estás, y parecía pensar que serías un candidato ideal.

—Oh bien, no necesito molestarme en ir a una entrevista entonces.

—No seas tonto Henry. Estaba haciendo averiguaciones por ti. Pensé que era lo que tú, es decir nosotros, queríamos.

—Lo siento, mi amor, lo quiero por supuesto. Sólo una sorpresa, eso es todo.

A Joanne no le gustaban las largas conversaciones telefónicas, en las que podían surgir malentendidos. Le dijo que dependía de él, pero que debía solicitarlo en cuanto llegara a Windsor. Henry aceptó y le dijo que lo haría en cuanto llegara. No había querido parecer indeciso o desagradecido por su preocupación por él.

—De acuerdo entonces —dijo ella, con un mohín en la cara muy poco habitual en ella.

—Lo siento, amor, es lo que quiero, lo sabes. Te echo mucho de menos. Pero si voy a mudarme y a trabajar allí, tienes que dejarme pagar.

Joanne sonrió. Así que eso era lo que le preocupaba. No tenía por qué preocuparse ni pensar que se estaba volviendo tibio con ella.

—Hablaremos de eso cuando te vea —susurró en el auricular.

—No puedo esperar para volver a verte.

—Encantado de tener una charla.

—Sí. Cuídate.

Joanne colgó el auricular, pensativa. Con toda sinceridad, tenía que admitir que no se le había ocurrido que Henry fuera un hombre orgulloso que quisiera pagarse su vida. Ahora se daba cuenta de que era el tipo de hombre que insistiría en ello. Bueno, ella podría tranquilizarlo y lo haría en cuanto regresara a Windsor. La mujer se levantó, se llevó la taza fría a la cocina y se preparó una taza de café, esta vez sin leche y, como de costumbre, sin azúcar. Cuando regresó al salón, estaba más oscuro y sombrío que nunca, e incluso las dos pequeñas lámparas se esforzaban por proporcionar una luz alegre y acogedora. Fuera llovía a cántaros y las nubes oscuras hacían inevitable un ambiente melancólico. Se dio cuenta de que no era sólo el mal tiempo lo que la hacía sentir desgraciada, sino la falta de Henry. Nunca en su vida se había sentido así y era una sensación extraña. Henry se había convertido en amigo y amante y ahora era alguien muy importante para ella, alguien de quien no podía prescindir. Alguien a quien quería. Una vez más, el repentino timbre del teléfono la sobresaltó. Levantó el auricular.

—Hola, soy Holly, Holly Roberts.

—Oh, hola, Holly. ¿Cómo estás?

—Bueno, estoy bien —contestó una voz tímida—. Pero estaba preocupada por ti. La última vez que nos vimos te fuiste apresuradamente, y pensaste que no te estaba diciendo la verdad.

—Sí, lo siento. He descubierto cosas desde entonces que sugieren que todo lo que me dijiste era cierto.

Holly suspiró. Le dijo a Joanne que había estado muy preocupada y disgustada pensando que había mentido. Y sabiendo que Joanne estaba sufriendo y posiblemente de luto por la muerte de su marido, sabía que debía ser indulgente. Joanne le aseguró que no estaba sufriendo y que no tenía por qué hacerlo.

—Era un monstruo, Holly. He descubierto cosas en las últimas semanas que te pondrían los pelos de punta.

—Oh cielos. Aunque no me sorprende. Me guardé algunas de mis peores sospechas y los horribles pensamientos que tenía sobre él.

—Gracias por llamar de todos modos.

—De nada. Y si necesitas volver a hablar conmigo, sólo tienes que gritar y podemos quedar.

Joanne dijo que todavía no estaba contenta con la forma de su muerte y con lo que había pasado exactamente. Había hablado hasta la saciedad con las personas que lo vieron cerca del final, pero aún no había conseguido saber qué había pasado exactamente. Ahora se le acababan las ideas y las personas con las que hablar. Tal vez tendría que aceptar, después de todo, que nunca descubriría la verdad.

—¿No crees que podría ser lo mejor? —

preguntó Holly tentativamente, con voz apagada y un poco vacilante—. Dejemos que los perros duerman y todo eso.

—Tal vez —susurró Joanne dubitativa—. Sin embargo, alguien en algún lugar tiene la clave de lo que pasó.

—¿De verdad lo crees?

—Seguro que sí.

Holly parecía ansiosa por dejar el tema en paz y habló de Joanne para preguntarle cómo se las estaba arreglando para hacer una nueva vida. Entonces le contó que había conseguido un pequeño papel en una producción teatral cerca de donde vivía. Joanne se alegró por ella y las dos mujeres se despidieron amistosamente, sin ningún tipo de rencor.

Joanne colgó el auricular y volvió a tumbarse en el sofá. Tal vez aquel fuera el último contacto que tendría con Holly Roberts, a la que ahora consideraba una buena mujer que, como ella y las demás, había sido víctima del monstruoso Jim Wilson. De todos modos, lo olvidaría durante un tiempo y se concentraría en ayudar a Henry a conseguir un buen puesto en un hotel de la zona y en trasladarse a vivir con ella a Windsor.

Henry Dobbs terminó de peinarse en las duchas y alisó su traje de chaqueta. Se miró la camisa blanca en el espejo y se puso una corbata azul pálido. La miró de una forma y luego se la quitó, pero no se decidía. Salió de la ducha y bajó al salón. Colocó la corbata delante de Joanne, quien estaba mirando.

—¿Con corbata o sin corbata? —preguntó él en voz baja.

—Oh, creo que con —respondió ella.

—No lo sé.

—Ponte bien la corbata, déjame ver.

Él anudó la corbata y se quedó esperando, observando su cara con atención. Ella asintió y le dijo que quedaba perfecta con su traje azul oscuro, y que parecería un millón de dólares. Dobbs esbozó su sonrisa torcida. Él no lo creía y así lo dijo.

—Ahora escúchame, Henry Dobbs —le ordenó ella, enérgica—. Vas a conseguir un trabajo de primera en un hotel muy bueno, estás bien cualificado, pero tienes que estar lo mejor posible. Sé que los hombres no llevan corbata hoy en día, pero te hará destacar e impresionará a los entrevistadores.

—Sí, señora. Gracias, señora —se burló Henry y la saludó. Joanne enarcó una ceja y fue al pasillo a buscar un cepillo de ropa. Le cepilló el traje enérgicamente a pesar de que él protestaba porque no se veía ni una mota de polvo. Cuando terminó, sacudió la cabeza y, aunque él se disponía a irse, ella le sujetó con la mano.

—Ahora Henry, mi amigo me dijo que el director general de allí está muy interesado en conocer a los huéspedes en todo momento, en el hotel, en el restaurante y cada vez que se cruza con alguien, se detiene al menos para pasar la hora con ellos.

—Vale, anotado.

—Entonces, asegúrate de mencionar que es algo que siempre haces.

—Lo haré.

—Mi amigo dice que le gustan los jefes de guardia que se ofrecen voluntarios para hacer guardias extras y están dispuestos a volver, aunque sólo hayan tenido unas horas libres—.

—Sí, eso también —asintió un paciente Henry.

—Conseguirás el trabajo, sé que lo harás —le dijo Joanne sonriendo—. Ahora vete y déjalos boquiabiertos.

Dobbs la besó ligeramente y se marchó. Joanne vaciló y luego se apresuró a abrir la ventana para llamarle.

—No te atrevas a acercarte a ese escarabajo. Llévate mi Mini.

Joanne se tumbó en el sofá, pero no estuvo allí mucho tiempo. Se armó de valor para ir a hacer algo que llevaba meses posponiendo. Entró en el pequeño dormitorio trasero y abrió un viejo armario. Éste estaba lleno de trastos, ropa vieja y cosas que Jim había guardado. Sacó dos trajes viejos y los examinó detenidamente. Decidió que servirían muy bien para la tienda de caridad y los puso sobre la cama. Tardó algún tiempo en revisar todo lo que había en el armario, que ni ella ni su difunto marido habían utilizado en mucho tiempo. Desechó gran parte de la ropa vieja y la tiró al cubo de la basura, ya que consideraba que el material estaba pasado de moda. Justo cuando estaba poniendo todo en orden, llegó a un viejo jersey, doblado y colocado en la esquina derecha del estante superior del armario. Lo levantó y vio debajo un libro rojo que cogió. Lo miró, frunció el ceño, lo abrió y descubrió que era un diario del año en curso.

Joanne se acercó a la cama y se sentó. Hojeó las páginas, leyendo alguna que otra frase, pero sin llegar a asimilar nada. Luego pasó a la última entrada, dos semanas antes de la muerte de Jim, y la leyó:

«Día ajetreado en el teatro. Los ensayos van lentos porque a Holly le cuesta captar las indicaciones y mantener el ritmo. Dispuesta a aprender, pero muy lenta y no muy brillante. Bueno, si no funciona, será buena para unas cuantas volteretas rápidas por las tardes, en las que insistiré como pago por enseñarle. Hoy ha vuelto a resistirse, pero acabaré por doblegarla. De vuelta al hotel, Janice había llegado, pero también

estaba irritable y no quería hacer el amor. Conseguí persuadirla con la mínima fuerza. Después de los espectáculos, necesito un poco de alivio, no mujeres pendencieras y difíciles».

Joanne sintió una oleada de náuseas. Respiró hondo varias veces y abrió el diario por la mitad. Esta vez se trataba del teatro y de cómo el director de escena no había escuchado lo que le habían pedido y casi había arruinado un *sketch*. También había una queja por escrito sobre el hecho de que el hombre no evitaba que las «plagas» entraran en su camerino después de las representaciones. Joanne saltó unas páginas y miró la siguiente entrada. Jim se quejaba de que le costaba mucho dormir cuando estaba de gira:

«He conseguido convencer al médico de que me dé pastillas para dormir mucho más fuertes, pero debo tener cuidado de tomar sólo la cantidad adecuada. Estas cosas pueden ser letales si me excedo. Pero eso no es posible, ¡tengo cuidado!»

Joanne asintió y volvió a leer la entrada. Eso, pensó, era una prueba concluyente de que Jim nunca habría tomado una sobredosis a propósito. ¿Accidentalmente? Le parecía improbable, era demasiado bueno para preservarse. Saltó algunas páginas y leyó lo que venía a continuación, al azar.

«*Gran éxito en Stoke, en las Midlands. Se rieron constantemente durante todo el espectáculo, incluso en las partes que no pretendían ser graciosas. El típico espectador es un imbécil, pero si se reúne a un público lleno de ellos en un teatro, parece que trabajan colectivamente, riendo y animando a todos los que les rodean a participar. Curioso. El final de la velada fue agradable, ya que me convencieron para salir a la puerta del escenario y firmar autógrafos. Una joven me llamó la atención y, efectivamente, era una de esas personas que buscan conocer a los artistas. Le guiñé un ojo y le indiqué que se quedara y, cuando todos los demás se hubieron marchado. La invité a mi hotel para regalarle algunos programas antiguos y fotos firmadas. Acudió de buen grado y, aunque después se resistió y protestó enérgicamente, conseguí que se metiera en la cama para que hiciera lo que yo quería. Amenazó con ir a la policía hasta que le pregunté cómo explicaría que me siguiera al hotel desde el teatro, que subiera a mi habitación en el hotel y... bueno, todo lo demás. No creo que vuelva a molestarme*».

Joanne se sentía mal. Tiró el diario al otro lado de la habitación, disgustada, y bajó al salón. Ahora parecía que su difunto marido había sido más monstruoso de lo que ella pensaba. ¿Cómo había podido ocultárselo?

La respuesta, se dio cuenta conmocionada, era culpa suya. Aunque las relaciones entre ellos habían parecido mejorar lenta y gradualmente en los últimos tres meses, justo antes de eso ella había instigado un método de comportamiento entre ellos que se resistía a cualquier contacto o conversación más allá de lo absolutamente necesario. En otras palabras, se hablaban poco y realizaban actividades personales a solas. Si se hubieran comunicado a un nivel normal entre marido y mujer, ella habría captado cosas de sus expresiones, sus maneras, la forma en que hablaba cuando le hacían preguntas. Se habría dado cuenta de que algo iba muy mal. Estaba segura de ello.

Sin embargo, la gente como Jim Wilson era tan retorcida como se pueda imaginar, como Henry había señalado. Eran expertos en parecer y sonar ordinarios la mayor parte del tiempo. Aun así, estaba segura de que habría captado innumerables pistas y se habría dado cuenta de que era potencialmente peligroso, si hubiera seguido los pasos normales de la vida matrimonial. Aún estaba dándole vueltas a la cabeza e intentando averiguar en qué se había equivocado cuando Henry regresó. Se dirigió al vestíbulo para saludarle.

—¿Cómo ha ido?

—Muy, muy bien —le dijo Dobbs con seguridad. Más de un director de la junta me dijo que yo era lo que buscaban y que encajaría muy bien.

—Eso está bien. Entonces, ¿crees que te ofrecerán el puesto?

—No veo por qué no. Tuve un buen presentimiento en la entrevista.

—Buen hombre. ¿Has comido?

—No.

—Bien entonces. Sígame y le prepararé algo. Luego tengo un pequeño libro rojo muy interesante para mostrarte.

CAPÍTULO VEINTIUNO

Instalado en el pequeño salón con Joanne, Henry estiró lujosamente sus largas piernas. Era una noche fría y tenían un fuego de leña encendido en la rejilla. Con sólo una pequeña lámpara encendida en una esquina, la habitación era íntima y acogedora. Joanne le enseñó a Henry el diario rojo que había encontrado y le dijo que su contenido había supuesto un nuevo descubrimiento.

—No creerías algunas cosas si no las vieras con tus propios ojos —entonó ella con entusiasmo—. Voy a abrirlo al azar y te lo pasaré.

—De acuerdo. —Henry aceptó el libro abierto y empezó a leer:

«He tenido a Janice aquí dos noches en el hotel conmigo y fue satisfactoria en la cama en ambas ocasiones.

*Ahora quiere quedarse otra noche, pero la voy a mandar
a paseo. Puedes tener demasiado de algo bueno, y tengo
que concentrarme en mi puesta en escena. Le he
preparado un tren de vuelta a Chiswick por la mañana.
Ella está quejándose como loca, pero ¿no se da cuenta
de que ha cumplido su propósito y ahora quiero estar
solo durante dos noches? Si sigue así, acabaré con todo
y ella podrá volver a pudrirse en esa desaliñada casita
de Chiswick que consiguió con su divorcio. Cree que
nos casaremos cuando me deshaga de Joanne y sus aires
de grandeza. Puede que haya sugerido que era una
posibilidad al principio, pero nunca prometí nada
definitivo, nunca lo hago en estas situaciones. Ella no
tiene ninguna posibilidad. Las mujeres son útiles, pero
no se puede vivir con ellas».*

Henry puso mala cara y apartó el libro como si
oliera mal. Qué hombre tan horrible y asqueroso
murmuró, y Joanne le preguntó si veía lo que
quería decir.

—Sí que lo veo. Es horrible.

—¿Qué dice?

—Que no te va a gustar.

—Pásalo por alto —insistió ella.

Joanne leyó la entrada y sacudió la cabeza con
incredulidad. ¿Cómo podía tratar así a la gente y no
sentirse culpable? Henry no se lo podía imaginar y
se lo dijo. Joanne volvió a abrir el libro en otra
página al azar:

«Otro cabrón ignorante me preguntó ayer si volvería a trabajar con Len Harris. Le dije que ni en mil años. Lo dejé tirado la última vez que trabajamos en Carlisle. Le llevé en mi coche, pero salí del teatro sin él y no tengo ni idea de cómo llegó a casa. Él sabía que habíamos terminado de trabajar juntos porque lo discutimos en el bar la noche anterior. Le acusé de intentar eclipsarme constantemente y de ahogar algunos de mis mejores chistes. Estamos acabados para siempre, por mucho éxito que tenga la actuación. Preferría morirme de hambre a volver a trabajar con él. Nunca pude soportar su arrogancia. Además, sospecho que se acostó con mi mujer, pero él lo niega y no puedo probarlo. Al diablo con él».

Joanne hizo una mueca. Leer aquello le había impactado un poco, pero se recuperó rápidamente y levantó el libro cerrado.

—¿Otro desagradable? —preguntó Henry.

—Mucho. Mira, Henry, ¿qué te parece si tiramos esto al fuego? Me hace sentir enferma sólo leer trozos raros.

—Adelante, mi amor.

Joanne no dudó, pero, deseosa de que Henry no le pidiera leer la última entrada que había visto, se levantó y colocó el libro en el centro del fuego ardiente. Los troncos crepitaron y escupieron, y el libro fue ardiendo poco a poco hasta quedar reducido a cenizas. Joanne le dijo a

Henry que le vendría bien un trago para quitarse el horrible sabor del diario de Jim. Henry se acercó a la cómoda y sirvió dos vasos de *whisky* con soda, le dio uno a Joanne y chocaron las copas.

—Por una nueva vida —declaró ella alegremente—. Tú y yo juntos y al diablo con Jim y todo lo que representaba.

—Brindo por eso —aceptó Dobbs.

—Y Henry, voy a renunciar a averiguar cómo murió Jim. Sé que dije que lo perseguiría indefinidamente, pero empieza a consumirme y a hacerme miserable. Tú y yo tenemos un nuevo futuro brillante que comienza y él es sólo un estorbo monstruoso. A partir de ahora me importa una higa cómo murió, me basta con que esté muerto.

—Yo también brindo por eso —le dijo Henry, con una amplia sonrisa.

Henry estaba en el jardín barriendo el camino y arreglando la zona de la puerta de la cocina. Era algo que había empezado a hacer las mañanas de invierno, a menudo los sábados, cuando era lo máximo que podía hacer cómodamente en el jardín. Joanne lo observaba a través de la ventana de la cocina y sonreía ante su meticulosa atención al detalle de retirar las hojas caídas y los escombros en general.

Un repentino e insistente timbre en la puerta principal la sobresaltó por su volumen e intensidad. Abrió la puerta y se encontró a un fornido repartidor con un gran paquete en la mano.

—Entrega para el Sr. Wilson —ladró el hombre.

—No, no puede ser —respondió Joanne—. El Sr. Wilson murió hace más de tres meses.

—Oh, siento su pérdida, señora.

—No lo sienta —respondió Joanne con ligereza —. Su estado es satisfactorio.

El hombre la miró, obviamente confundido, pero no insistió. Comenzó a explicar que el artículo en cuestión estaba agotado desde hacía algún tiempo, por lo que debía de haberse encargado y pagado, y que la entrega se produciría más tarde. Joanne asintió.

—¿Sabe lo que es? —preguntó la mujer.

—La verdad es que no. Sé que se habían agotado las existencias de relojes de pie, así que quizá sea eso.

Joanne firmó el libro del hombre, le dio las gracias y llevó el paquete a la cocina, colocándolo en la mesa central de la isla. Empezó a desenvolver todo el embalaje de cartón y papel y finalmente descubrió un gran reloj de sobremesa con carcasa de madera clara. Henry entró desde el jardín y se acercó a ella.

—¿Qué es eso?

—A mí me parece un reloj.

—Ya lo veo —respondió Henry con una sonrisa ladeada—. ¿Qué hace aquí?

—Jim debió encargarlo hace tiempo.

—Regalos de los muertos —dijo Dobbs con voz siniestra.

—¡Oh, no, Henry! —gritó Joanne con voz angustiada.

Joanne salió corriendo de repente de la cocina y se dirigió al salón, donde se sentó en el sofá y derramó unas lágrimas. Dobbs la siguió y se sentó a su lado, cogiéndole la mano, besándole la mejilla y disculpándose por haberla disgustado. Ella debía saber que era lo último que él haría de buena gana.

—No eres tú, cariño —canturreó Joanne, secándose la cara mientras hablaba—. Es él, ese hombre vil, que ahora nos persigue desde la tumba con relojes y esas cosas.

—Sólo el reloj —le dijo Henry, mientras sonreía con una mueca.

—De acuerdo, sólo ése. Pero es él, no puedo escapar de él. Dije que dejaría de intentar averiguar cómo murió, y lo haré, pero siento que necesito algún tipo de cierre. Joanne no pudo evitar una sonrisa.

Henry se acurrucó junto a ella, le rodeó el hombro con el brazo y le dijo que la ayudaría en todo lo que pudiera para liberarse del monstruo.

¿Había algo que él pudiera hacer, cualquier cosa? No. Entonces le preguntó, de repente, pero con voz tenue, si quería casarse con él.

—Oh, no, Henry, no —respondió ella, cogiéndole los brazos con las manos y mirándole fijamente a la cara—. En este momento no quiero casarme y probablemente lo haga durante algún tiempo. Pero eso no afectará a nuestra convivencia.

—No, por supuesto que no.

—¿Y tienes todo mi permiso para pedírmelo de nuevo dentro de cinco años?

Henry aceptó que se conformaría con eso, y lo entendió. De verdad. Después de que Joanne se secara los ojos, se levantó y se dedicó a sus actividades habituales de los sábados por la mañana. Henry volvió a sus tareas del jardín. Sólo más tarde, por la tarde, cuando Henry estaba medio adormilado en su sillón, Joanne empezó a pensar seriamente en las implicaciones del misterioso reloj. No significaba nada en el sentido más amplio, ella lo sabía. Y no era tan sorprendente que Jim, tal vez sin saber que estaba a punto de morir, encargara un reloj agotado que le gustaba para una futura entrega. Era sólo la conmoción de que llegara y, con todas las revelaciones de los últimos tres meses, otro recordatorio de lo que había sido aquel hombre y de cómo seguía aparentemente unido a ella. ¿Cómo podría romper los grilletes?

Tal vez nunca sería capaz de hacerlo. Tal vez él

seguiría persiguiéndola, a él y a las cosas viles que había hecho, durante el resto de su vida. Necesitaba liberarse, pero ¿cuál era la mejor manera de hacerlo? ¿Mudarse, encontrar una casa bonita que les gustara a los dos y que pudieran llamar suya? Suya y de Henry. Así acabarían con el fantasma de Jim Wilson y empezarían bien su nueva vida juntos. Bueno, ¿no?

La idea se le había ocurrido a Joanne de repente, de forma inesperada e imprevista, pero ahora que lo había hecho empezó a pensar seriamente en ella. La casa actual era demasiado grande para dos personas razonablemente delgadas, y Wilson sólo la había comprado para exhibirla, para presumir de ella y, en aquellos días, de él. En el apogeo de su fama había organizado fiestas dos veces al mes, los fines de semana, y había llenado la casa de gente del mundo del espectáculo y de la literatura que no conocía pero que estaba ansioso por cultivar. Había hecho de anfitriona y todo lo posible para que todos estuvieran cómodos, bien alimentados y regados. Jim Wilson, el gran cómico con su propio programa de televisión, se pavoneaba por el local tratando de impresionar a todo el mundo e intentando ligar con mujeres jóvenes. En aquellos días, Joanne no le había dado importancia y había considerado sus payasadas como una forma de imponerse y demostrar que era un gran hombre. Aumentar su gran ego.

Cuando Joanne recordaba aquellos días, era aún más consciente de que sólo los organizaba para estimular a Jim Wilson, su ego y promover su posición como uno de los mejores cómicos del país. Charlaba con todos los invitados, hombres y mujeres, y se esforzaba por causar una gran impresión. Aunque, Joanne reflexionó sonriendo, nunca contaba chistes. Eso le decía mucho, un cómico de primera que nunca contaba un chiste fuera del escenario. Su vida pública y privada siempre habían estado separadas, pero eso era un ejemplo revelador de su frialdad esencial como ser humano.

Joanne suspiró. Realmente había sido ingenua y quizás, tenía que admitirlo, sólo había visto lo que quería ver. Pero basta de hablar del monstruo, ahora era el momento de iniciar el proceso de mudarse a una nueva casa y a una nueva vida. Tal vez incluso debería ir a por todas y casarse con Henry, pero no le gustaba la idea de ser llamada Sra. Dobbs.

—¿Qué hay en un nombre, como Shakespeare o alguien dijo una vez?

—¿Qué fue eso querida? —Dobbs preguntó, apareciendo de repente detrás de ella.

—Oh, nada, Henry. Sólo hablaba sola.

—Primer signo de locura, eso dicen —susurró Henry, sonriendo.

—Cállate.

Joanne le dijo que quería hablar con él, pero que primero tenía que preparar la cena. Le dijo que iría enseguida al salón y que quería hablar seriamente de algo importante. Él sonrió y le dijo que siempre le gustaban las discusiones serias, que eran las que más le gustaban, y que estaba deseando oír lo que ella tenía que decir. Joanne, observando con satisfacción su humor jocoso, asintió y se dirigió a la cocina para preparar sus verduras. Él estaría bien, pensó, y había otro asunto que empezaba a tomar forma en su mente. Se trataba de Holly Roberts, una joven a la que había empezado a ver con otros ojos últimamente, a juzgar por lo que había averiguado. En cualquier caso, pondría a prueba su idea con Henry. Cuando ella regresó a la sala de estar, Henry estaba sentado en el sofá, medio reclinado y profundamente dormido. Se acercó sigilosamente a él y le gritó despierta, bella durmiente en la oreja izquierda, y él abrió los ojos, sobresaltado.

—A pesar de tu sarcasmo —le dijo Joanne—, quería decir una discusión seria.

—Entonces yo no estaba dormido —afirmó él—, sólo tenía los ojos cerrados.

—Sí, claro.

Ella se sentó y expuso brevemente su idea de mudarse a otra zona y a una casa nueva y más pequeña, y le dio una breve idea de por qué creía que sería una buena idea.

—¿Es eso lo que quieres? —preguntó él—. Lo que realmente quieres.

—Realmente lo es, Henry. Y probablemente me liberará de los constantes pensamientos sobre el monstruo. Me parece que está por toda la casa y no puedo quitármelo de encima.

—Sé lo que quieres decir.

—¿En serio?

—Sí. Siento que es su casa. Siempre la he sentido así.

—Bien, empecemos. Buscaremos una inmobiliaria el lunes por la mañana.

Ambos estuvieron de acuerdo y decidieron buscar en el periódico local y en Internet para ver qué había disponible y qué les gustaba. Joanne dijo que le gustaba la zona de Twyford y sus alrededores, pero Henry pensó que podría estar un poco lejos para llegar cómodamente a su nuevo hotel. Después de un rato, ambos decidieron buscar la casa de sus sueños en el campo, cerca de donde estaban. Después de tomarse un descanso y disfrutar de un té con bollos, Joanne abordó el tema de su otra preocupación.

—Es la joven Holly —explicó Joanne—. ¿Recuerdas que Wilson quería dejarle un legado de diez mil libras?

—¿El testamento sin firmar?

—Sí, pero he estado pensando que

probablemente fue una de las pocas cosas decentes que hizo en su miserable vida.

—El dinero no compensará el horrible abuso.

—No, claro que no, pero el dinero la ayudaría a ella, una actriz joven y luchadora.

Dobbs parecía dudoso, así que Joanne le explicó que creía que tanto Sharon Jones como Janice Turner estaban bien, una tenía un novio nuevo y decente, como le había informado Henry al contarle su marcha y despedida del Hotel Carswell Bay. En cuanto a Janice Turner, tenía su propia casita. Lo más probable era que sobrevivieran.

—Realmente creo que la joven Holly es la más vulnerable —continuó Joanne—. No recibirá diez mil, pero me gustaría enviarle tres o cuatro mil como regalo de buena voluntad. El abuso que sufrió podría marcarla de por vida y dificultarle las relaciones con otros hombres.

Dobbs estuvo de acuerdo. Había soportado horrores indecibles, sin duda, cuando trabajaba con Wilson, ansiosa por aprender todo lo que pudiera y adquirir experiencia, pero no preparada para los abusos habituales. Sin embargo, tenía una gran reserva. Tal vez Holly, y quizá otros, pudieran pensar que Joanne estaba comprando su silencio por los abusos sufridos.

—No lo creo, Henry, pero entiendo tu punto de vista. Le diré la verdad, un poco abreviada, le diré que el inútil de mi marido quería dejarle el dinero, pero murió antes de poder hacer un nuevo testamento.

El lunes siguiente por la mañana, Joanne llamó a su abogado, le explicó su razonamiento y le ordenó que enviara el pago a Holly, con la explicación que le había sugerido a Henry. Luego mencionó que ella y Henry estaban buscando una nueva casa.

—Eso es interesante, porque puede que tenga un comprador para vuestra casa actual. Es un financiero que no anda corto de dinero y busca una casa grande e inusual en esta zona.

—Bien —suspiró Joanne en voz baja—. Es bienvenido.

CAPÍTULO VEINTIDÓS

LA CASA QUE CUMPLÍA TODOS LOS REQUISITOS RESULTÓ estar a no más de ocho kilómetros de donde vivían. También estaba más cerca del nuevo hotel de Henry. Estaba situada al final de un largo camino bordeado de árboles en el que cada casa tenía un diseño diferente. Joanne asintió con la cabeza mientras pasaban. La mayoría de las casas, aunque no todas, eran bastante grandes y estaban rodeadas de amplios jardines, pero la que estaban inspeccionando era más pequeña, de diseño moderno y mucho más nueva que el resto. La edad media de las casas oscilaba entre los veinte y los treinta años, pero la suya parecía haber sido construida ayer. Y tenía un jardín más pequeño. Joanne lo comentó. El agente inmobiliario, un hombre muy joven con un traje a rayas y el pelo de un amarillo brillante, le respondió.

—Estaba encajada en una parcela más pequeña, así que tenía un jardín mucho más pequeño —les dijo—. Sólo se construyó hace tres años, pero los actuales propietarios se van a vivir al extranjero.

—Tiene buena pinta —comentó Henry cuando entraron en el pequeño camino circular.

El agente inmobiliario llevó el coche a un lugar desde el que podían ver bien la fachada. Ambos la miraron esperanzados. Joanne pensó que tenía buena pinta, pero dudaba que tuviera todo lo que querían dentro.

—Quizá se sorprendan —sugirió la agente—. Tiene un guardarropa en la planta baja, que usted especificó, un baño en suite en el dormitorio principal y otro en el segundo.

—Oh, eso suena prometedor —Joanne respondió, mientras sonreía—. Así que estarás listo, Henry, cuando nos separemos y te envíe a la habitación de invitados por unas noches.

Henry hizo una mueca de dolor y miró nervioso a Robin Gibbs, el joven agente inmobiliario. Había momentos en los que deseaba que Joanne contuviera su peculiar sentido del humor. Preguntó torpemente si tenía invernadero. Lo tenía, pequeño pero muy moderno y bien colocado.

—Bien, ¿entramos? —Gibbs preguntó

alegremente—. Por cierto, dos garajes pequeños, no sólo uno.

—Bien —murmuró Joanne—. Pondremos tu Escarabajo destartalado en el segundo, lo cerraremos y tiraremos la llave.

—No sé —respondió Henry, un poco molesto por el comentario—. Parece más adecuado para encerrar a mujeres descarriadas que hablan demasiado.

Puede que el joven Gibbs careciera de mucha experiencia, pero sabía mirar al frente y fingir que no había oído aquel intercambio de palabras. Sacó las llaves y abrió la puerta principal. Joanne y Henry entraron, ella con una sonrisa maliciosa y él con cara de dolor. Una vez dentro, sin embargo, ambos se animaron al pasar a un amplio salón con dos grandes ventanales y paredes blancas por todas partes.

—Luminoso y agradable —recitó Gibbs de memoria—, y con mucha luz gracias a los dos grandes ventanales.

Joanne asintió e indicó que su interés inmediato era la cocina. No tenía por qué preocuparse, era grande, espaciosa, con una buena hilera de armarios, cajones y diversos accesorios de lujo. Asintió con la cabeza, llamó la atención de Henry y éste le hizo un gesto de aprobación con el pulgar.

—También hay un lavadero de buen tamaño

para fregadero, lavadora, frigorífico y otras cosas si quieres tenerlas fuera de la cocina, pero a mano.

—Sí, muy bien, Sr. Gibbs —murmuró Henry—, pero creo que ya estamos medio vendidos, así que no hace falta el gran discurso de ventas.

Henry miró fijamente a Joanne mientras hablaba y ella asintió con la cabeza. Una vez que vieron los tres dormitorios, el trastero y los cuartos de baño del piso de arriba, los dos estaban prácticamente convencidos de que la querían. El agente dijo que les dejaría echar un vistazo y que esperaría abajo. Joanne sonrió.

—Me gusta, Henry —le dijo Joanne—, creo que es aquí.

—Sí, a mí también. Es diez veces mejor que toda la basura que hemos visto en las últimas dos semanas.

De vuelta a la oficina del agente, ellos le dijeron que harían una oferta. Él sonrió y se olvidó enseguida de que ya habían vendido el lugar y empezó a decirles que las tarifas eran más bajas allí porque estaba un poco alejado de las rutas habituales. Además, al final del jardín había un terreno que el vendedor estaba deseando vender y que probablemente les saldría muy barato.

—¿Una canción? —Joanne canturreó satisfecha —. ¿Todavía canta para los *Bee Gees*, Sr. Gibbs?

Todo fue según lo previsto, con muy pocos retrasos. Su oferta por la casa, cinco mil euros menos que el precio inicial, fue aceptada en dos días. Al financiero le gustó la casa y, después de regatear un rato y darse cuenta de que Henry y Joanne no iban a bajar mucho el precio, hizo una oferta de cinco mil menos de lo que habían pedido y la aceptaron.

—Ganamos cinco mil y enseguida los perdimos —opinó Joanne—, así que estamos como al principio. Pero no nos podemos quejar.

—No —Henry estuvo de acuerdo.

Como la mujer de la nueva casa estaba ansiosa por mudarse rápidamente al extranjero, puesto que su marido ya se había ido, no habría retrasos. El financista también estaba ansioso por mudarse rápidamente, así que todo estaba listo para una rápida partida y una mudanza a la nueva casa, más pequeña. Henry también acababa de ser informado de que un comprador había adquirido su pequeño piso de Carswell, lo que le alegró, ya que los agentes del sur de Gales le habían dicho que no había mucha demanda para viviendas de un dormitorio, un salón, una cocina y un cuarto de baño, y que se tardaría muchos meses en venderlas. Joanne se alegró. También se alegró de que el financiero hubiera comprado algunos de los muebles antiguos de la vieja casa que ella siempre había considerado de Jim Wilson.

—Lo hemos hecho muy bien —le dijo Joanne a

Henry el domingo durante la merienda—. Esos antiguos y repugnantes aparadores y armarios victorianos que tanto odiaba se han ido, y tú te has librado de tu pequeña ratonera.

—No estaba tan mal —balbuceó Henry, dejando caer las migas de su galleta—. Y yo nunca habría dado cobijo a los horribles y antiguos muebles de chatarra que atestan esta casa.

—La mayor parte la eligió el monstruo —respondió ella, con una mueca—. Pero bueno, no debería ser grosera con tu pisito.

—No, ni siquiera lo has visto, y mucho menos has entrado. Sin embargo, tienes una lengua afilada.

—Tanto mejor para comerte —afirmó ella, sonriendo, saltando sobre él en el sofá y mordisqueándole el cuello.

Cuando se separaron de lo que se convirtió en un abrazo y unos besos, Joanne le dijo que se sentía mucho mejor ahora. Empezaba a perder parte de la sensación claustrofóbica de estar en una casa todavía dominada, en su opinión, por el monstruo ausente. Henry se alegró de ello, pero le recordó que todavía había muchos días, o noches, en los que se mostraba alejada y poco comunicativa. Ella estuvo de acuerdo.

—Intento no serlo —le dijo Joanne con seriedad —, pero es casi imposible vivir aquí. Estoy segura de que en cuanto nos mudemos a nuestra propia casa mi humor se evaporará.

—Más te vale o te cambiaré por una modelo más tranquila.

—Pero no me cambiarías, ¿verdad?

—No —admitió él—. Me encanta todo: Los estados de ánimo, el humor raro, el sarcasmo, y todo. Debo de ser un sádico.

Joanne le aseguró que no era nada de eso, que era un buen hombre y que estaba encantada de tenerlo. Deploraba el escarabajo chatarrero, pero una chica no podía tener todo lo que quería. Cuando se mudaran, se solucionarían el noventa por ciento de sus problemas y los malos recuerdos de ella, no tenían otro sitio adónde ir que hacia arriba.

Cuando sonó el teléfono, estaban envueltas en otro estrecho abrazo y Joanne se levantó de un salto como si la hubieran pillado en una situación comprometida. Contestó y reconoció la voz de Holly Robert.

—Quería darte las gracias por el dinero —le confesó Holly—, pero no deberías haberlo hecho. Y no tenías por qué, porque yo no me habría enterado de las intenciones de ese hombre.

—No puede aliviar el dolor del abuso —le dijo Joanne—, pero puede hacerte la vida un poco más fácil. Gástalo Holly, consigue un nuevo piso lejos de esa horrible mujer de abajo.

—Eres muy amable, pero es demasiado. Si me

quedo con dos mil, ¿puedo devolverte los otros dos mil?

—No, no puedes Holly, es todo tuyo y no aceptaré que me devuelvas ni un céntimo.

Joanne oyó un ruido sordo en el auricular.

—Holly, ¿estás llorando?

—Sí, lo estoy —resopló.

—Sécate los ojos, cariño, lloras demasiado.

—Sí, lo sé.

Joanne hizo ruidos tranquilizadores y le dijo a Holly que las cosas serían diferentes para ella a partir de ahora, como lo serían para Henry y para ella misma. Le dijo que se mudarían dentro de unos días y que, cuando lo hicieran, dejarían atrás todo rastro de su vil marido. Podían olvidarlo virtualmente, y Holly también debía hacerlo.

—Nunca podré olvidar el maltrato.

—No, no, pero emprende una nueva vida si puedes, como estamos haciendo nosotros, y con el tiempo empezarás a olvidar.

Joanne le deseó a Holly lo mejor para el futuro y le dijo que era poco probable que volvieran a verse. Se despidieron y Joanne se arrepintió de sus palabras casi tan pronto como las pronunció. Seguramente, debería haberle dicho a la chica que se mantendría en contacto y que se esforzaría en hacerlo para asegurarse de que poco a poco volvía a la normalidad.

—No, mi amor, bájala y déjala en el suelo —le aconsejó Henry en voz baja.

—¿Por qué?

—Por la conexión entre tú Joanne, ella y esa bestia. Si sigues en estrecho contacto con Holly, seguirá persiguiéndote.

—Puede que tengas razón. —Joanne frunció el ceño y le dirigió su intensa mirada. Durante unos instantes guardó silencio, pero luego habló.

—La tengo, créeme.

Joanne volvió a guardar silencio, pero cuando habló, le dijo a Henry que se dejaría guiar por él. Cuando se mudaran a la nueva casa, cortarían todos los vínculos con Wilson y eso significaba gente estrechamente relacionada con él. A Holly le resultaría difícil, pero debía abrirse camino. Todo su futuro dependía de ello.

CAPÍTULO VEINTITRÉS

Por fin había llegado la primavera tras un duro invierno de hielo, nieve y niebla. Las ramas con forma de tela de araña, negras y retorcidas de los árboles de la calle habían empezado a brotar brillantes capullos, la hierba estaba verde y crecía rápidamente, y el cielo azul estaba salpicado de grandes nubes blancas perfectamente quietas. Mirando por la ventana los signos de crecimiento y novedad que la rodeaban, Joanne sonrió, incluso el escarabajo rojo aparcado fuera parecía brillante y limpio.

Era el día de la mudanza y las cosas iban muy despacio, pero a Joanne no le importaba. Ella no estaba impaciente, sólo contenta porque por fin dejaban la casa grande y se mudaban a una que realmente podía describirse como suya y de Henry.

El camión de la mudanza se había retrasado y probablemente no llegaría hasta dentro de una hora, pero ni siquiera eso la desanimó demasiado. Murmuró en voz baja, incluso podría haber utilizado palabras como a la mierda, pero se deshizo de su irritación inicial con la suficiente rapidez y fue a terminar de empaquetar sus dos maletas personales. Ya tenía el bolso repleto de pequeños objetos personales, junto con sus artículos de maquillaje esenciales, pero las dos bolsas iban a estar llenas de cosas que necesitaría constantemente y que podrían perderse durante semanas si se guardaban con el resto de los muebles y las maletas rebosantes. La primera bolsa tendría crema de manos, bálsamo labial y un pequeño cortaúñas. Objetos que podría necesitar en cualquier momento. Buscarlos entre las cajas de embalaje era impensable, sobre todo teniendo en cuenta que era muy probable que no los encontrara. La otra bolsa contendría leche, café, azúcar y galletas porque, sospechaba, lo primero que querrían al llegar sería una bebida y, una vez más, una larga búsqueda de ingredientes era inaceptable.

Henry apareció vestido sólo con una camiseta y unos vaqueros viejos, con una maquinilla de afeitar eléctrica en la mano. Indicó que se afeitara abajo para poder vigilar a los hombres de la mudanza y su furgoneta.

—Pues ponte a ello —le pidió Joanne—. Estás

empezando a convertirte en un hombre lobo con toda esa barba negra.

Inevitablemente, cuando la furgoneta llegó, ninguno de los dos estaba preparado. Joanne le gritó a Henry que los dejara entrar porque no podía salir del baño sólo en sujetador y bragas. Henry le contestó que estaba desatornillando un pequeño cuadro de la pared que se le había pasado por alto, pero al final consiguió llegar a la puerta principal con un destornillador y dos tornillos en la boca.

Finalmente llegó el momento de irse. Los muebles estaban cargados, al menos lo que quedaba de ellos, muchos habían sido vendidos o llevados al vertedero. Todo lo que había comprado Wilson o que le gustaba especialmente. Cuando el Sr. Gibbs aceptó las llaves y entregó las de la nueva casa, les deseó todo lo mejor y un feliz futuro en ella. Henry le dio las gracias y caminó por el lateral de la casa hasta donde Joanne se había paseado por el jardín. Cuando la alcanzó, estaba casi al final y miraba hacia el Támesis, con la luz del sol brillando en el agua.

—Esto es lo único que echaré definitivamente de menos —dijo Joanne en tono bajo—. Este jardín y el río al final.

—Es encantador —Henry estuvo de acuerdo—. Pero la nueva casa tendrá nuestro jardín, nuestra tierra, por humilde que sea.

—Lo sé, tienes razón, por supuesto— Joanne sonrió.

—Hora de irse —le dijo Henry.

—Lo sé. Ahora sígueme, conduciré a unos veinticinco kilómetros por hora para que puedas seguirme en el Escarabajo.

Llegaron a las dos y cuarto de la tarde. Mientras continuaba el traqueteo de los muebles que traían y depositaban, acamparon en la cocina y prepararon té, hervido en la tetera que Henry se había asegurado de llevar en su Escarabajo. Joanne lo preparó mientras Henry buscaba por los alrededores y finalmente encontró dos taburetes de cocina.

—¿Va a funcionar? —preguntó Joanne que repartió el té y las galletas con el ceño fruncido.

—¿Qué amor?

—¿Podremos empezar aquí una nueva y brillante vida y olvidar los horrores del pasado reciente?

—Bueno, no del todo —le dijo Henry con seriedad—. Permanecerá en nuestras mentes durante algún tiempo, pero retrocederá constantemente hasta ese día mágico en que lo olvidaremos por completo.

—Sabes que eso es una tontería, ¿verdad, Henry?

—De acuerdo, siempre estará ahí pero gradualmente será menos doloroso. —Henry estuvo de acuerdo—. Pero lo superaremos, tú y yo, Joanne.

—Por supuesto que lo haremos, viejo tonto, pero no me refería a eso.

—No, lo sé.

—Una cosa de la que estoy contenta —reflexionó Joanne—. Dejar atrás el descubrir cómo murió Jim. Ahora realmente no me importa.

—Piensa —la invitó Henry—, si no hubiera muerto en mi hotel y mi camarera no hubiera encontrado el cadáver, lo más probable es que tú y yo nunca nos hubiéramos conocido.

—Y puede que nunca hubiera descubierto el vil monstruo que era en realidad.

—Eso sí que es un pensamiento.

—Muy bien, esto termina aquí. A partir de ahora está muerto, se ha ido, y no mencionaremos su nombre de nuevo. Jamás. ¿De acuerdo?

Henry asintió y empezaron a ordenar la nueva casa paso a paso. Poco a poco, durante las semanas siguientes, empezaron a establecer su nuevo hogar. Se eligieron, compraron y entregaron muebles nuevos. El hogar empezó a tomar forma.

Invitaron a amigos a cenar o quizá a ver la nueva casa, pero la mayor parte del tiempo estaban los dos solos, juntos, en la casa o en el jardín, acostumbrándose y planeando nuevas decoraciones o añadidos a la propiedad. Por las noches, a medida que los días se hacían más largos, hablaban del trabajo de Henry en el nuevo hotel, donde se había instalado bastante bien, o de asuntos domésticos, y luego escuchaban la radio o veían sus programas de televisión favoritos. Nunca mencionaron a Jim Wilson.

Aunque nunca podría borrarlo completamente de su mente, Joanne empezó a creer que por fin se había librado de él y que su recuerdo realmente se desvanecería casi por completo.

CAPÍTULO VEINTICUATRO

Era una calurosa mañana de primavera y Joanne estaba desayunando un pequeño tazón de gachas y pensando en Holly. Sabía que Henry se enfadaría si le decía que quería hablar con ella y que había estado pensando en llamarla. Seguramente no le haría ningún daño y la tranquilizaría. Ella dejó la cuchara, cogió la taza de café y bebió un trago. Henry apareció de repente, vestido con ropa informal para una expedición de sábado por la mañana a una tienda local de bricolaje. Joanne sonrió y le invitó a sentarse, ella le traería copos de trigo y café.

—No, mi amor, termina tu propio desayuno —le aconsejó él—. Yo me encargo.

Joanne asintió perpleja mientras él se acercaba a poner la tetera para su café matutino y al mismo tiempo empezaba a preparar su modesto desayuno. Ella lo observó satisfecha, pensando que él había vivido solo casi toda su vida antes de conocerse y que siempre había sido capaz y, a diferencia de muchos hombres, estaba dispuesto a cuidar de sí mismo.

—¿Te traigo algo? —preguntó él.

—No, estoy bien —respondió Joanne, y volvió a comer sus gachas. Henry no tardó en unirse a ella y empezó a masticar copos de trigo, y los dos no tardaron en tomar su habitual y rutinario desayuno.

—He estado pensando —empezó Joanne, reduciendo la cantidad de gachas que se servía.

—Oh, eso de pensar puede ser peligroso —le dijo Henry—. Un poco de tensión en las viejas células cerebrales.

—Suficiente descaro de tu parte, Dobbs —respondió ella—. No, hablo en serio.

—Vamos entonces, dime.

—Es Holly —soltó Joanne—, estoy preocupada por ella y creo que debo comprobar que está bien.

Henry frunció el ceño y dejó de comer para hacerle un gesto burlón con el dedo. Le recordó que Holly era una de las personas y de los temas que habían decidido dejar atrás, y que debía mantenerse firme. Henry consideró que lo mejor para Holly era dejarla en paz y que ella también empezara a olvidar el pasado.

—Sí, tienes razón, lo sé —convino Joanne—. Sin

embargo, yo sería más feliz con unas palabras rápidas con ella. Me tranquilizaría.

Henry le recordó que ambos habían acordado no seguir ese curso de acción y que, en cualquier caso, una llamada rápida ahora llevaría a otra dentro de una semana y muy pronto serían llamadas regulares y todo el dolor del pasado comenzaría a consumirla de nuevo. Y a Holly también, sin duda.

—Sí, de acuerdo, ya lo has dicho.

—Es sólo que no quiero verte herida, Joanne.

Joanne cruzó la mesa del desayuno y apoyó la mano en el brazo de Henry. Ella reconoció que él tenía razón y que debían dejarlo así. No volvería a mencionarlo. Henry asintió y terminó de comer y beber antes que ella, aunque había llegado a la mesa quince minutos después que ella. A continuación, Henry anunció su intención de irse a comprar marcos, tornillos y accesorios.

—De acuerdo, no tardes —le dijo ella, y al minuto siguiente se había ido.

Joanne estaba pensativa mientras fregaba los cuencos y utensilios del desayuno. Tenía que hornear un poco y había prometido preparar a Henry uno de sus postres favoritos, aunque había aceptado hacerlo con la advertencia de que no le haría nada bien a su cintura. Bueno, apenas tenía sobrepeso y de vez en cuando no le vendría mal, ¿no? Por alguna razón no podía concentrarse en la tarea que tenía entre manos y, después de tener todos los ingredientes meticulosamente preparados y esparcidos por la encimera de la cocina, los cubrió, frunció el ceño y salió de la cocina y se dirigió al salón.

Entonces, la mujer se sentó y se quedó mirando el teléfono. No estaría de más hacer una rápida y preocupada visita a Holly para asegurarse de que estaba bien, ¿verdad? Joanne había pasado de desconfiar abiertamente de Holly a pensar y preocuparse por ella como la más vulnerable de las mujeres de las que su difunto marido había abusado. Llevaba días pensando en la muchacha y era inútil intentar convencerse de que podía olvidarse de ella. Más inútil aún era intentar olvidarse del bestial Jim Wilson. Fuera lo que fuera lo que había planeado y hablado con Henry, la realidad era que no podía dejarlo atrás. El dolor y la humillación probablemente perdurarían durante años.

¿Qué hacer? Ella se resistió a descolgar el teléfono, recordando las palabras de Henry y su acuerdo con él. A él no le haría mucha gracia que llamara, pero, por otra parte, él no lo sabría, ¿verdad?

Joanne descolgó el auricular y marcó rápidamente el número de Holly. Cuando contestó, Joanne pensó que sonaba especialmente malhumorada y deprimida.

—Holly, soy Joanne. ¿Cómo estás?

—Oh Joanne, hola —respondió una voz suave y triste—. Estoy un poco deprimida.

—¿Qué ocurre cariño?

—Oh, nada en realidad. Supongo que no me siento bien, aunque ha sido bastante bueno, ¿no? Soy yo, sintiéndome deprimida, rumiando los eventos pasados y un montón de pesadillas.

—Lo siento mucho Holly. Debes intentar quitártelo de encima. Deja de pensar en ese bastardo.

—Es más fácil decirlo que hacerlo.

—Sí, lo sé.

Joanne frunció el ceño y luego su curiosidad la venció y le preguntó a Holly qué tipo de pesadillas había estado teniendo.

—Los peores. Y él siempre está ahí, agarrándome, y yo intento separarme, pero no puedo y me está haciendo daño.

—Lo siento mucho, Holly.

—No es culpa tuya —protestó Holly—. No podemos escapar del bastardo, ninguna de nosotras, y probablemente otras pobres mujeres también.

—Había otras —le informó Joanne—. Sé de dos.

—Ya me lo imaginaba.

Hubo un silencio en la línea mientras las dos mujeres pensaban en el hombre que casi había destrozado sus vidas. En ese momento, Holly le contó que últimamente se sentía tan deprimida que casi tenía ganas de suicidarse. Joanne se alarmó.

—Holly, tienes que prometerme —le dijo—, que si vuelves a sentirte tan mal me llamarás inmediatamente.

—No quiero agobiarte, Joanne.

—Tonterías. Por favor, prométeme que me llamarás. ¿De día o de noche, a cualquier hora?

—Sí, de acuerdo —contestó Holly en voz baja y se oyó un resoplido—. Lo hare. Eres muy amable.

—Tonterías. Tú y yo debemos estar juntos.

—Sí, ¿cómo estás, Joanne?

Joanne le dijo que ella también había tenido sus momentos en las últimas semanas, pero que Henry la había apoyado mucho y que lo estaba superando. Más o menos. Entonces oyó de nuevo un resoplido y le preguntó a Holly si estaba llorando.

—Sí, pero enseguida me pondré bien. Creo que necesito un buen hombre como el que tienes tú, pero no sé si volveré a confiar en alguien.

—Lo harás —le aseguró Joanne—. Cuando aparezca el adecuado. No todos son inútiles y horribles.

—¿No? Podrías haberme engañado.

Ambas se echaron a reír y, en ese momento, a Joanne se le ocurrió que era un buen momento para poner fin a la conversación. Le hizo prometer a Holly que volvería a llamarla en cuanto se sintiera profundamente deprimida y, acto seguido, se despidieron y colgaron los auriculares.

Joanne, con la sensación de haber cumplido con su deber hacia alguien a quien ahora consideraba casi como una amiga, volvió a la cocina y continuó felizmente con la preparación de la comida y el horneado. Terminó media hora más tarde y puso la cafetera. Henry apareció justo cuando se estaba sirviendo su propia taza y ella le dijo que era muy oportuno y que sería un buen cómico.

—No digas eso. No vuelvas a decir algo así —protestó él, frunciendo el ceño—, ni siquiera en broma.

—No, lo siento, no estoy pensando. Toma, te he preparado café.

Henry cogió su taza de café y se acercó a su compra en la mesa de la cocina murmurando sobre los cómicos que se supone que son graciosos pero que no sólo no tienen gracia cuando no están en el escenario, sino que resultan ser monstruosos maltratadores de mujeres. Ordenó las uñas y luego fue a buscar la foto que procedió a encajar en el marco. Joanne le observó atentamente mientras lo colocaba todo en el orden que necesitaba, meticulosamente, y luego cogió el cuadro enmarcado. Joanne le preguntó si sabía exactamente dónde colocarlo y él le indicó con un gesto de la cabeza que sí. Apoyó el cuadro en la pared y estaba a punto de clavar un pequeño clavo cuando Joanne le dijo que estaba medio centímetro demasiado alto.

—¿Lo quieres más bajo?

—Por favor.

Cuando él se dio cuenta de dónde lo quería exactamente, lo colocó, y colgarlo en la pared le llevó una fracción del tiempo que había tardado en calcular la colocación. Joanne le dio las gracias y le sugirió que se sentara y terminara su café. Cuando ambos se acomodaron en el sofá del salón, Henry frunció el ceño y miró fijamente a Joanne.

—¿Qué?

—Tienes esa mirada —le dijo Henry.

—¿Cuál mirada?

—Culpable. Como si estuvieras tramando algo y no me lo hubieras dicho.

Joanne suspiró y pareció momentáneamente incómoda. Henry parecía captar todos sus estados de ánimo y expresiones faciales y ella no sabía cómo lo hacía. Una vez le dijo que se había enamorado de ella a lo grande el primer día que la vio y que desde entonces había estado estudiando su cara y sus expresiones faciales con detenimiento. Era maravilloso ser amado incondicionalmente, pero tenía sus inconvenientes. Era casi una intromisión en momentos privados.

—No sabía que parecía culpable —le respondió la mujer, con el ceño fruncido.

—Pues lo pareces. ¿Qué has hecho?

—Nada.

—No, nada. Has estado tramando algo.

Joanne bebió y terminó su taza de café y sacudió la cabeza, diciéndole que no tenía ni idea de qué demonios estaba hablando. Henry sonrió y le dijo que era inútil fingir y que lo mejor sería que se sincerara ahora mismo.

—Muy bien, Mystic Meg, si quieres saberlo, llamé a Holly.

—No es una buena idea —dijo Henry, sacudiendo la cabeza—. Como hemos discutido antes, si te acuerdas.

—Sí, lo sé, pero estaba preocupada por ella y con razón, como se ve.

Henry escuchó atentamente su descripción de la conversación telefónica con Holly y asintió lentamente cuando terminó. No era ninguna sorpresa que tuviera pesadillas y se sintiera deprimida, pero ¿qué creía Joanne que podía hacer al respecto?

—Puedo estar a su lado si necesita a alguien —recitó Joanne rápidamente—. Ella y yo estamos unidas por nuestras asociaciones pasadas con ese cerdo, y debemos ayudarnos mutuamente.

—Sospecho que tú harás la mayor parte de la ayuda, si no toda.

—Puede ser. No puedo eludir la responsabilidad que siento —se quejó Joanne, con cara de angustia.

—Eres una auténtica bienhechora —le dijo Henry, riéndose—. La auténtica Juana de Arco.

—Cállate. No me cambiarías.

No lo haría, él estaba de acuerdo con ella de todo corazón. Estaba orgulloso de ella y le complacía que estuviera a su lado para ayudar a alguien de quien tenía motivos para desconfiar y a quien algunos dirían que le tenía antipatía. Sin embargo, debía tener cuidado, ya que dejarse llevar por los problemas de Holly podría sumirla en un estado depresivo. Ella también había sufrido al darse cuenta del terrible alcance de la traición de Jim Wilson.

—Puedo sobrellevar la tormenta —le aseguró Joanne—. Cada día me siento más fuerte.

—Y tú siempre me tienes a mí.

Joanne tenía una amplia sonrisa en la cara.

—Y yo siempre te tengo a ti.

A Joanne le sorprendió lo rápido que se había acostumbrado al nuevo jardín y lo poco que echaba de menos el antiguo. Por supuesto, no había forma de compensar aquí y ahora la falta del Támesis que corría al final del jardín, pero cada vez estaba más contenta con el césped, los arbustos, algún que otro árbol y los arbustos que la rodeaban.

Era apacible sentarse a la sombra del sol de

finales de verano, en una silla de lona y con una bebida de frutas fría, aderezada con una buena cantidad de ginebra, a su lado. Henry había ido a llenar su vaso de cerveza amarga de una lata grande que ella había comprado hacía dos días. Le había sugerido dar un paseo hasta el pub local, donde solían pasear los domingos de primavera y verano, pero en esta ocasión ella le había dicho que estaba cómoda donde estaba y que no tenía intención de moverse ni un centímetro.

Henry regresó con su bebida y se sentó junto a ella. Joanne sonrió y reflexionó que, al igual que se había acostumbrado rápidamente al nuevo jardín, se había aclimatado aún más rápido a la nueva casa. Por un lado, era mucho más pequeña y compacta, y eso le gustaba mucho. También era la casa que ella había elegido, la suya y la de Henry, mientras que Jim había comprado la casa vieja y le habían dicho que se mudarían antes de que ella la hubiera visto. Volvió a sonreír al recordar que ya no sentía mucho resentimiento por los antiguos malos tratos y malentendidos. Si alguna vez mencionaba a Jim en estos días, Henry se ponía de mal humor y le advertía que lo apartara de su mente, que se concentrara en las cosas buenas de su vida, pero la verdad era que cada vez que Jim Wilson aparecía, de improviso, en su mente, pensaba en él sólo como un mal recuerdo e inmediatamente se ponía a pensar en otra cosa.

—Realmente creo que el mal pasado ya está muerto —recitó ella melancólicamente.

—Un poco pronto, ¿no crees? —interrogó Henry con curiosidad.

—No, de verdad, estoy en paz aquí, ahora. Nunca pienso en Jim.

—Decidimos que no volveríamos a mencionar el nombre de ese hombre —la reprendió Henry—. ¿Lo recuerdas?

—Uy, perdón.

Joanne cerró los ojos y sintió el cálido sol en la cara. Cuando volvió a abrirlos, contempló un cielo azul despejado, con algunas nubes blancas y esponjosas. Un pájaro revoloteaba cerca del tejado, a un lado de la casa, y se posaba sobre las tejas. Joanne volvió la cara hacia el lateral del edificio y observó cómo la criatura levantaba el vuelo batiendo las alas. Luego la observó planear en aquel cielo azul despejado. Dio otro sorbo a su bebida y volvió a mirar a Henry.

—Creo que nuestros problemas han terminado y podemos relajarnos un poco —le dijo Joanne—. El comienzo de la nueva vida en serio.

Henry la miró extrañado. A continuación, empezó a sacudir la cabeza.

—¿Qué?

—Creo que es demasiado pronto para empezar a contar pollos antes de que salgan del cascarón.

—Pesimista.

—Tal vez. ¿Qué pasará con Holly?

—Estará bien —afirmó Joanne con confianza, pero Henry parecía poco convencido.

Hacía tiempo que no sabían nada de Holly. Joanne estaba convencida de que ahora que se estaba estableciendo como actriz recuperaría la confianza y empezaría a olvidar el pasado. En todo caso, lo olvidaría poco a poco. Era sólo una sensación que tenía, un instinto tal vez, pero sus instintos rara vez se equivocaban.

—No creo que volvamos a saber de ella. Se desvanecerá en el pasado como el resto de la gente involucrada con ya sabes quién.

—Bueno, espero que tengas razón. Por tu bien, de verdad. —Joanne sonrió y le dio unas palmaditas en la mano como una madre tranquiliza a un hijo. Sin embargo, en la vida siempre hay imprevistos. Como Joanne pronto descubriría.

CAPÍTULO VEINTICINCO

ERA UNA CÁLIDA TARDE DE PRINCIPIOS DE SEPTIEMBRE y Joanne había decidido salir una hora al jardín. Antes le había pedido a Henry que sacara dos tumbonas y, aunque ella hubiera preferido el extremo del jardín que daba a lo que en ese momento era un agradable prado, él había oído mal o había fingido no oír y las había colocado en el césped principal, delante de la cocina. Oh, bueno, decidió, no iba a moverlos, sino que se acomodaría con su libro. Después se tomaría una bebida fría para dormir tranquilamente la siesta, había trabajado duro toda la mañana haciendo la cama, limpiando y quitando el polvo.

Dobbs tenía un largo turno de trabajo y no volvería hasta pasadas las diez de la noche. Se acomodó en la tumbona y cogió su vaso de zumo de frutas. La casa estaba razonablemente ordenada, habían instalado bastantes muebles nuevos y modernos, y ella empezaba a acostumbrarse a las líneas brillantes y limpias de los muebles modernos y a los muebles de pino u otras maderas claras, en lugar de las pesadas piezas victorianas de roble con las que había vivido los últimos veinte años. Todo iba bien. Todo estaba saliendo como ambos habían esperado y rezado. Desde luego, estos días apenas tenía tiempo para pensar en el pasado, tenía demasiadas cosas que hacer y en las que pensar para completar la distribución y la estructura de su nueva casa contemporánea.

Cuando el teléfono sonó, se alegró de que Henry se hubiera descuidado. Si hubiera estado al final del jardín nunca lo habría oído. Se levantó de un salto, sin pensar, y llevándose el vaso. Al descolgar rápidamente el auricular, ella oyó un sonido extraño y enrevesado y se dio cuenta de que era una voz familiar que no sonaba del todo normal.

—Holly, ¿eres tú?

—Sí. —La voz gutural continuaba siendo evidente.

—Suenas raro, ¿qué ocurre?

—Tengo que verte y hablar contigo urgentemente —respondió Holly, gorgoteando y sonando claramente incómoda, como si se hubiera tragado algo muy desagradable y no pudiera quitarse el sabor de la garganta. Joanne volvió a preguntarle, con delicadeza, qué le preocupaba.

—No puedo decírtelo por teléfono —respondió la mujer, con voz temblorosa.

—Está bien, no te preocupes, iré a verte.

—¿Ahora, hoy?

—Bueno, si es tan urgente, sí.

—Lo es, sólo tengo que hablar contigo.

Joanne estaba diciendo que podría estar allí en media hora cuando Holly, con la voz todavía incómodamente distorsionada, le dijo que se había mudado a un piso pequeño pero limpio en un pueblo a sólo ocho millas de la nueva casa de Joanne. Le dio las indicaciones para llegar.

—Pero no traigas a Henry por favor, Joanne, esto es sólo entre tú y yo.

—No hay problema cariño, él está en el trabajo hasta tarde.

—Oh, bien —respondió Holly con un extraño graznido.

—Holly, ¿qué pasa? —Joanne preguntó, su preocupación aumentaba a medida que hablaba.

—Te lo contaré todo en cuanto llegues —prosiguió Holly—. Vendrás tan pronto como puedas, ¿verdad? —añadió agitada.

—Sí, claro que vendré —replicó tranquilizadora Joanne—, es que... —pero dejó de hablar al darse cuenta de que Holly había colgado el teléfono.

Joanne fue al baño y se miró la cara en el espejo.

Todo estaba bien, pero se echó un poco de polvos faciales y se pasó suavemente el pintalabios por los labios fruncidos. Llevaba un *top* color crema muy viejo, pero aún brillante, y unos vaqueros rosas desteñidos, pero decidió que no tenía tiempo ni necesidad de cambiarse. Además, tenía el pelo suelto, pero le quedaba bien siempre que no hubiera brisa, así que salió corriendo de casa, cerró con llave y corrió hacia su coche. No le gustó nada el sonido de la extraña y estrangulada voz de Holly, reflexionó mientras ponía el contacto y arrancaba el Mini. Las indicaciones para llegar al nuevo piso de Holly habían sido claras y concisas a pesar de su estado de agitación, y Joanne encontró el edificio, que albergaba ocho pisos individuales, con bastante facilidad. Con las palabras —qué diablos le pasa a esta tonta— sonando una y otra vez en su cabeza, salió del coche, lo cerró con llave y se dirigió a la entrada principal que daba acceso a todos los pisos. El de Holly estaba en el primer piso. A medida que se acercaba, se dio cuenta de que un joven vestido con camisa azul y vaqueros estaba de pie frente a la entrada principal y parecía estar esperando a alguien. Era un joven atractivo, pensó Joanne distraídamente mientras se acercaba cada vez más, con el pelo rubio oscuro y una expresión de preocupación en el rostro.

—Disculpe —dijo el joven dirigiéndose a una sorprendida Joanne—. ¿Es usted Joanne Wilson?

—Lo soy —admitió ella con dureza—. ¿Quién es usted?

—Soy David, un buen amigo de Holly Roberts.

Él comenzó a explicar con acentos rápidos, cortos y entrecortados. Era un amigo íntimo que la había conocido cuando ambos actuaron juntos en una obra de teatro en Windsor. Habían estado viéndose y llevándose bien en general, pero últimamente ella se había vuelto malhumorada, deprimida e irritable. Hoy mismo él le había estado hablando de volver a trabajar juntos y, en cualquier caso, de verse con regularidad, cuando de repente ella rompió a llorar.

—Sí, lo hace a menudo —mencionó Joanne en voz baja.

—Sí, pero esto era otra cosa —le dijo a Joanne seriamente, con el ceño fruncido—. Ella estaba realmente muy angustiada y había estado así todo el día.

Joanne asintió. Iba a verla y trataría de averiguar de qué se trataba e intentar tranquilizarla. Aliviado, el joven sonrió y le dio las gracias. Esperaba que ella perdonara su brusquedad. Joanne le dijo que no había ningún problema.

—No quería dejarla en ese estado —confesó David, quien parecía preocupado—. Esperé hasta que vi tu Mini por la ventana y bajé rápidamente.

—Me alegro de que lo hicieras —le aseguró Joanne y sonrió—. ¿Vienes conmigo a ver a Holly?

—Oh, no, no —le dijo un David que parecía afligido—. Ella ha estado tratando de deshacerse de mí durante horas, pero yo no quería ir. Tenía miedo de dejarla en ese estado.

Joanne le aseguró que había hecho bien en quedarse con ella, si su comportamiento le parecía extraño e irracional. Lo hizo, pero había sido completamente incapaz de calmarla o ayudarla a sentirse mejor. Ahora se sentía mejor porque Holly, durante un interludio más racional, le había dicho que Joanne era una amiga muy buena y cercana en la que confiaba plenamente.

—¿Ella dijo eso? —preguntó Joanne, desconcertada.

—Ah, sí. Por eso vine corriendo a verte primero.

Joanne enarcó una ceja y puso cara de «quién lo iba a decir». Le aseguró a David que haría todo lo posible y que debía subir antes de que Holly entrara en pánico. También prometió que Holly llamaría a David más tarde si conseguía que se sintiera mejor. Joanne le dejó de pie y con la mirada triste mientras subía al primer piso. Se encontró en un amplio pasillo con dos puertas de entrada frente a ella. Al llegar, se dirigió a la de la izquierda y llamó al timbre. Holly abrió la puerta y su aspecto sorprendió a Joanne. Llevaba un viejo *top* blanco lleno de arrugas y bastante raído. Llevaba el pelo revuelto, suelto, pero con aspecto desaliñado y sin cepillar desde hacía tiempo. Su atractiva cara estaba blanca. Prácticamente tiró de Joanne y la llevó corriendo a su salón.

—¿Qué demonios pasa Holly? —preguntó Joanne en voz baja, amable pero inquisitiva.

—Pensé que podría vivir con ello, pero no puedo —respondió Holly con voz un poco confusa.

—¿Qué exactamente?

Holly la invitó a sentarse y le aseguró que le contaría toda la historia. Nadie más lo sabía, nadie en el mundo, sólo Joanne.

—Lo dices como si fuera un secreto de estado del gobierno, Holly —le dijo Joanne.

Holly movió la cabeza en señal negativa, pero su amiga se dio cuenta de que no sonreía ni acusaba recibo de su pretendido comentario para romper el hielo, ni parecía menos incómoda.

—Te lo contaré todo de principio a fin —prometió Holly, sentándose frente a Joanne.

—Ojalá lo hicieras, Holly —murmuró Joanne.

Holly empezó a contar su historia:

«Te dije la verdad la última vez Joanne, sólo que no te dije toda la verdad. Todo lo que te dije antes de que sucediera, sucedió, pero tal vez confundí un poco la secuencia de los hechos. De todos modos, todo el asunto de organizar esta gira de seis meses por provincias y la promesa de Wilson de llevarme en esa gira me estaba impidiendo comportarme de forma racional y sensata, supongo. *Cuando terminamos la última actuación de aquel viernes por la noche y abandonamos el escenario tras un estruendoso aplauso, tanto él como yo nos sentíamos bastante bien. Había sido una semana de altibajos, pero al menos la última noche había ido bien.*

»*Cuando volvíamos al hotel después del último concierto, mencionó por primera vez la gira y me aseguró que estaría en ella con él y con un papel más importante. Más por hacer. Me sentía tan eufórica que apenas pude resistirme cuando me invitó a tomar una copa en el bar, aunque, a decir verdad, hubiera preferido volver a mi casa y dormir. En fin, entramos, tomamos un whisky con soda y me dijo que tenía algunos contactos con los que podía ponerme en contacto. Se lo agradecí y me sugirió que subiera a su habitación y que me los daría, ya que quizá no nos viéramos en una o dos semanas. Le dije que no había prisa y que podía enviármelos por correo, pero eso pareció enfadarle. Entonces, él se puso bastante agresivo y me dijo que yo no apreciaba todo lo que él hacía por mí, una actriz desconocida. Discutimos un poco y volvió a insistir en que subiera a su habitación a recoger los objetos que tenía para mí. Se levantó para ir, y como yo no me movía, intentó levantarme por los hombros. En ese momento me estaba llamando zorra desagradecida y la gente del bar nos miraba, así que acepté ir con él para mantener la paz. Ahora desearía no haberlo hecho.*

»*Como te he dicho antes, me hablaba de la nueva gira y de cómo terminaría con una actuación televisada, y de* cómo quería que yo formara parte de ella, pero quería tener la oportunidad de demostrarme lo mucho que me quería y que yo respondiera a sus insinuaciones. Le dije que nunca podría hacerlo, y él volvió a irritarse y me dijo que no podía sacarme de su cabeza, mañana, tarde y noche, al tiempo que planeaba divorciarse de ti y casarse conmigo. Cuando le dije que eso nunca sucedería, volvió a mostrarse firme y me dijo que sabía que yo quería hacer el amor y que sólo me estaba haciendo la dura y que lo entendía, pero que había llegado el momento de dejar todo eso atrás.

»Fue horrible Joanne, sencillamente horrible, la forma en que me inmovilizó en la cama con sus fuertes brazos y empezó a abusar de mí. Te lo conté la última vez, pero lo que no te dije es que después de que le diera una patada en la espinilla, se puso furioso, como un poseso, y empezó a forzarme de tal manera que pensé que si me resistía, me mataría, en el estado en que estaba. Me quedé inerte y le dejé hacer lo que quería porque para entonces temía por mi vida. Así que siguió adelante, sin impedimentos, y yo estaba en tal estado que me quedé entumecida, de cuerpo e incluso de mente, durante un breve espacio de tiempo. Cuando terminó, se levantó tranquilamente, se ajustó la ropa y me dijo que se iba a tomar un whisky del minibar y que si quería uno. Negué con la cabeza, casi en coma, y me incorporé en la cama mientras él servía whisky en dos vasos. Me había servido uno de todos modos y, cuando no se lo quité, lo colocó en la mesilla de noche.

»No podía moverme, o más bien no quería hacerlo, y

ni siquiera tenía fuerzas ni ganas para levantarme e ir a ducharme. Eso es lo único que le dije la última vez que no era cierto, no entré en la ducha y la razón fue que estaba físicamente incapacitada para moverme momentáneamente. Como dije antes, se acercó y me dijo que lamentaba haber sido tan enérgico, pero que era sólo porque me quería mucho y quería que yo le respondiera. Sacudí la cabeza, me enjugué las lágrimas y le oí decir que lo de divorciarse de ti y casarse conmigo iba en serio y que, si lo hacía, me compraría una casa y tendría todo el dinero que quisiera, y que todo iría bien. No podía hablar y apenas podía moverme.

»Él se bebió su whisky, intentó rodearme con el brazo y volvió a disculparse, pero yo me lo quité de encima y tensé el cuerpo hasta quedarme quieta, callada y casi rígida. Intentó hacerme hablar con él varias veces, pero yo me quedé sentada ignorándole y casi temblando de dolor, vergüenza y miedo. Cuando me negué insistentemente a entablar conversación, acabó irritándose de nuevo y me llamó perra estúpida y egoísta, pero enseguida empezó a disculparse. Quiso tomarse otra copa, pero maldijo al ver que no le quedaba whisky y dijo que iba a bajar al bar a tomarse una y que luego saldría del hotel a fumarse un cigarrillo. Podía arreglarme mientras él no estaba y darme un baño o una ducha y él me vería más tarde. Me sentiría bien, me dijo, después de ducharme. Estuvo fuera mucho tiempo, o eso me pareció. Me encontraba en tal estado que no tenía ni idea del paso del tiempo ni de nada. Pero empecé a hervirme, lentamente al principio, pero varios sentimientos de rabia e indignación empezaron a invadirme. Pensaba detenidamente, comenzaba a pensar racionalmente de nuevo y sólo los pensamientos más oscuros entraban en mi cabeza. Entonces oí fuertes pasos fuera y supe que volvía.

»Cuando entró, parecía diferente, y pronto me di cuenta de lo que había cambiado. Llevaba un vaso lleno de cerveza y se tambaleaba al entrar en el dormitorio. Estaba borracho. Sabía que se había tomado más de un whisky y que se había bebido dos antes de agredirme. Sólo Dios sabe cuántos más había bebido, pero hablaba arrastrando las palabras. Le dije que debería sentarse antes de que se cayera, y él sonrió e hizo un comentario sarcástico diciendo que veía que yo podía hablar y que cómo me sentía ahora.

»A continuación, dejó su vaso de cerveza en la mesilla de noche y se sentó en la cama cerca de mí. Me aparté instintivamente, pero creo que estaba demasiado borracho para darse cuenta. Me preguntó si me encontraba bien y le dije que no, que no lo estaba, ni mucho menos, pero que, si me dejaba sola sentada en la cama, haría algo en cuanto me sintiera parcialmente recuperada. Me dijo que me diera el gusto y que por mí podía quedarme allí toda la noche, aunque se estaba haciendo tarde y él querría irse pronto a la cama. De repente se tambaleó hacia delante, extendió las manos para estabilizarse y se levantó torpemente. Se dijo que necesitaba orinar desesperadamente y se dirigió a las duchas.

»En cuanto empujó la puerta, supe lo que iba a hacer y que tenía que actuar con rapidez. Había visto el frasco de somníferos en su mesilla de noche y sabía que eran nuevos y más fuertes porque hacía poco me había dicho que tenía grandes problemas para dormir. Rápidamente me levanté, abrí el frasco y me eché un puñado en la palma de la mano, creo que unas nueve o diez. Luego, consciente del poco tiempo de que disponía, cogí una cucharilla y trituré rápidamente todas las pastillas que pude hasta convertirlas en polvo. Añadí unas tres pastillas enteras porque el tiempo se me acababa. Veloz como el viento, dejé caer toda la mezcla en su vaso de cerveza casi lleno y me apresuré a acercarme a la mesa que contenía leche, café y demás. Cogí una cuchara más grande y volví a remover la cerveza lo más enérgicamente que pude sin derramarla y en ese momento oí la fuerte descarga del inodoro. No salió directamente, así que debía de estar lavándose las manos o jugueteando de alguna manera. Me senté rápidamente en la cama, con el corazón latiéndome en el pecho, y esperé.

»Él entró, sonrió, comentó algo sobre que yo seguía allí y bebió un trago de cerveza de su vaso de pinta. Hizo una mueca y dijo algo sobre que el amargo de Carswell era cada vez peor y sabía a pis de cerdo. Todavía me latía el corazón y estaba segura de que iba a descubrir lo que había pasado, pero lo que ocurrió en realidad fue que se sentó en la cama, cogió su vaso y empezó a beber de *nuevo. Dejó el vaso y puso su mano sobre la mía y me dijo que sentía haber sido tan enérgico y dominante, pero que me había deseado tanto y sabía que yo también lo deseaba, pero que estaba siendo tímida y conteniéndome a la espera de que él tomara las riendas. Me dedicó una sonrisa enfermiza y siguió bebiendo su amargo. Luego me preguntó si ya me sentía mejor y le susurré que pronto me recuperaría, y él volvió a sonreír y me dijo que eso era bueno. Todo iba bien.*

»De repente, emitió un gorgoteo en la garganta y se levantó. Dijo que se sentía mareado y se preguntó qué le pasaba. Me levanté y le dije que probablemente eran los efectos del whisky y la cerveza juntos, y él se limitó a mirarme y decirme que se sentía de lo más raro. Le sugerí suavemente, con el corazón empezando a latirle con fuerza de nuevo, que se tumbara encima de la cama, que se sentiría bien después de sólo dos o tres minutos—de descanso. «¿Tú crees, de verdad?», preguntó, y yo asentí con la cabeza y le dije que era bien sabido que acostarse inmediatamente le tranquilizaría. Me miró de nuevo y luego cogió su vaso y bebió el resto de su amargo. Noté con horror que había un depósito blanco en el fondo del vaso, pero él no se dio cuenta. Dejó el vaso con pesadez y se tumbó de espaldas en la cama. Evidentemente, llevaba camisa y pantalones, pero aún calzaba zapatos. Me pidió que se los quitara y lo hice encantado, feliz de verle en posición recostada sobre la cama. Le pregunté si se sentía un poco más cómodo ahora y me dijo que sí y sonrió cuando le dije que se

quedara muy quieto y descansara, que se pondría bien. Me pidió que me quedara, le dije que lo haría y noté con gran alivio que había cerrado los ojos.

»Me quedé inmóvil, sin mover un músculo. No sé cuánto tiempo, pero no creo que hubiera podido moverme, aunque hubiera querido. Intentando desesperadamente mantener la calma y fracasando miserablemente, me dirigí al otro lado de la habitación y me senté en una silla. Me quedé muy quieta, sin moverme, pero con los ojos fijos en él todo el tiempo. No se movió ni un milímetro y tenía los ojos firmemente cerrados. Después de lo que debieron de ser cinco o seis minutos, pensé que ya estaba profundamente dormido y que era muy probable que no se despertara nunca. No sentí remordimientos, sólo alivio. En cualquier caso. Me habría encantado salir corriendo y gritando de la habitación en cuanto se tumbó en la cama, pero sabía que no podía. Al cabo de unos minutos me acerqué y me agaché para sacudirle suavemente por el hombro. No se movió. No parecía que aún respirara, pero no intenté averiguarlo. Llevé el vaso a la ducha y lo lavé a fondo, sin dejar rastro de residuos. Volví a lavarlo con agua hirviendo del grifo para asegurarme de que estaba limpio, lo sequé y lo coloqué en la bandeja con el té y el café.

»De algún modo, todo parecía demasiado sencillo, la sobredosis de pastillas y el hecho de estar tumbada en la cama completamente vestida apuntaban a una repentina decisión de suicidarse, ¿no? ¿Cómo era posible que hubiera alguien más implicado? Pero en aquel momento, sucio, desaliñado y avergonzado de mí mismo, me daba igual. Era hora de irse.

»En el último momento me acordé de mi vaso de whisky que no había tocado y supe que tenía que lavarlo bien y volver a ponerlo con los vasos que no había usado. Primero bebí un largo trago de whisky solo y me sentí animado. Lo lavé, lo guardé y salí de la habitación sin hacer ruido. Fue el propio Wilson quien me habló de la escalera trasera y de la puerta cortafuegos del pasadizo que, por alguna razón, nunca había estado cerrada. No tengo ni idea de cómo lo sabía, pero probablemente la utilizaba para librarse de una mujer que visitaba su habitación por la noche. Salí despacio después de asegurarme de que la figura inmóvil de la cama no se movía. En el pasillo tuve que retroceder en silencio y de puntillas, ya que se oyó a una pareja que subía tarde por la escalera hacia su habitación. Entonces hui rápida y silenciosamente por la escalera de atrás y salí por la puerta de incendios que, por suerte, estaba abierta, y me apresuré a regresar a mis aposentos a altas horas de la noche».

—Ahora lo sabes absolutamente todo —murmuró Holly, con las lágrimas cayendo por sus mejillas.

—Jesús —fue todo lo que Joanne pudo decir, con los ojos clavados en el rostro de la mujer.

—Ya ha pasado todo y me siento, no sé, casi limpia de una forma peculiar.

Joanne seguía mirándola fijamente, en silencio, sin palabras por una vez en su vida. Holly murmuraba casi incoherentemente que todo se debía a sus decisiones y que tal vez debería haber tomado un camino u otro. Joanne no estaba escuchando y, desde luego, no entendía las divagaciones de Holly. De repente, se detuvo en medio de una divagación inacabada y se dirigió a Joanne, de manera incongruente.

—¿Quieres una taza de té, Joanne?

—Me encantaría, gracias. —Igualmente, incongruente y sin siquiera parecer seguir la línea de la conversación, Joanne respondió.

Holly se levantó y caminó como un autómata hacia su pequeña cocina para preparar el té. Joanne permanecía inmóvil, con el ceño fruncido, negando de vez en cuando con la cabeza. Se le ocurrió que no había entendido ni la mitad de lo que Holly le había dicho y sólo empezó a darse cuenta cuando llegó a la parte en que él entraba con una pinta de cerveza amarga en la mano y muy borracho. Esta vez, sin embargo, sabía que no podía rebatir ni una sola de las palabras de Holly. Nadie podía inventarse una historia así. Y mira que había estado disgustada y ahora parecía como si le hubieran quitado un gran peso de encima.

Holly entró con una bandeja y le entregó una taza de té a Joanne antes de sentarse frente a ella. Las dos mujeres empezaron a tomar el té en silencio, ninguna parecía capaz de hablar. Joanne pensaba en la enormidad de lo que acababa de oír. Entonces, Holly se aclaró la garganta y Joanne se dio cuenta de que estaba a punto de empezar a hablar de nuevo.

—Como te dije, pensé que podría vivir con ello y no decir ni una palabra a nadie, pero me equivoqué.

Joanne asintió.

—Al final fueron las pesadillas quienes lo hicieron.

Joanne volvió a asentir.

—Pero si iba a contárselo a alguien, era a ti.

Joanne asintió por tercera vez.

—Merecías saber la verdad después de tanto merodear e interrogar.

—Supongo —dijo Joanne finalmente.

—De todos modos, ahora puedes ir a la policía y contárselo, y cuando me detengan, confesaré todo, exactamente cómo te dije.

Joanne meneaba la cabeza como si no creyera o negara lo que acababa de oír. Empezó a beberse el té de nuevo, mirando atentamente a Holly por encima del borde de la taza. Era vagamente consciente de que Holly había empezado a hablar de nuevo, algo sobre que lo correcto era lo correcto y que merecía ser castigado, pero en realidad no estaba asimilando nada.

—Entonces, ¿lo denunciarás hoy, Joanne?

—No.

—¿Lo dejas para mañana? Después de todo, no iré a ninguna parte.

—No voy a ir a la policía, Holly, ni hoy, ni nunca.

—¿No vas a ir?

—No, no iré. Es nuestro secreto, para siempre.

Holly rompió a llorar y se sentó temblando delante de Joanne. Por una vez Joanne fue comprensiva con su llanto y entendió inmediatamente la necesidad de hacerlo. Sacó tres pañuelos del bolso y se los dio a Holly, que siguió lloriqueando durante un rato. Joanne se quedó sentada y esperó a que se desahogara. Cuando se le pasó, se secó los ojos, miró a Joanne y le preguntó qué iba a ser de ella.

—Estarás bien, Holly.

—¿Tú crees?

—Claro. Ese joven tuyo, David. Parece muy simpático.

—Sí, lo es.

—Llámalo, dile que estás bien.

—Sí, lo haré.

—Saldrás de esta Holly con la ayuda de David. Y la mía. Será difícil a veces, pero eres fuerte y lo lograrás.

—Supongo.

—Cielos, ¿ya es hora? Debo irme. Henry se estará preguntando qué estoy haciendo.

CAPÍTULO VEINTISÉIS

JOANNE RECORDABA AQUEL TRAYECTO A CASA DESDE hacía mucho tiempo. Tenía la mente confusa y el cerebro agitado, por lo que apenas podía concentrarse adecuadamente en algo tan mundano como un trayecto de ocho kilómetros hasta su casa. Así, confusa por lo que había oído antes, Joanne conducía de forma temeraria, aunque despacio, y casi mata a un conejo que se escapó de la parte delantera de su coche por los pelos. Se detuvo y se reprendió por su falta de concentración en el trabajo que tenía entre manos. De nada servía que se volviera loca ahora que por fin había descubierto por qué había estado dando vueltas durante meses haciendo preguntas, ¿verdad? Engranó la primera marcha y se puso en marcha aún más despacio. Había poco tráfico en las carreteras secundarias por las que había elegido conducir y esta vez consiguió llegar entera a la entrada circular de su nueva casa. Permaneció unos minutos sentada en el coche, contemplando la negrura de la noche a su alrededor. La casa estaba completamente a oscuras, sin una sola luz encendida, ya que no esperaba llegar tarde. Su primer pensamiento fue preguntarse dónde estaría Henry, ya que tenía que haber vuelto poco después de las diez y ya eran más de las diez y media. La mujer entró en la casa y en el oscuro pasillo creyó ver momentáneamente una figura fantasmal delante de ella, pero sacudió la cabeza con irritación. En el estado en que se encontraba en ese momento, pensó, no le habría sorprendido ver una aparición fantasmal de su difunto marido, con una sustancia blanca espumosa saliendo de su boca, los ojos abiertos de par en par de forma aterradora y señalándola con un dedo acusador.

Joanne se sacudió con reproche y encendió rápidamente la luz del pasillo. Luego fue encendiendo las luces de toda la casa, excepto las de los dormitorios. Lo primero que hizo después fue servirse un gran vaso de *whisky* con soda y llevarlo al salón. Después de beberse casi la mitad del *whisky*, empezó a sentirse más tranquila. El alcohol le produjo un zumbido que se le subió a la cabeza de forma positiva.

La iluminación de la habitación era bastante

clara, pero Joanne no había corrido las cortinas. Se quedó mirando la noche negra como el carbón y empezó a respirar profundamente. Al cabo de unos diez minutos, se terminó el vaso de *whisky* y volvió a llenarlo. Cuando oyó que el coche se detenía, respiró hondo y sintió un alivio rejuvenecedor. Sonrió. Nunca antes se había alegrado tanto de oír el palpitar y el traqueteo del Escarabajo. No era una noche para estar sola mucho tiempo. Henry llegó lleno de disculpas por la noche infernal que acababa de vivir.

—Tú y yo, los dos —susurró Joanne.

—¿Tú también, cariño? ¿Conmoción doméstica?

—Algo así.

Era el momento, le dijo Joanne, de quitarse los zapatos, servirse un buen *whisky* y venir a contárselo todo. Él sonrió y dijo que no le importaba si lo hacía y pronto estaba en el sofá, junto a ella, sosteniendo su vaso en una mano e inclinándose hacia delante para plantar un beso en la mejilla de Joanne. Ella le preguntó por qué había llegado tan tarde.

—Ocupado, ocupado, ocupado como no te lo creerías.

—¿En serio?

—Sí. Háblame de tu día.

—No, tú primero, Henry.

Había empezado bastante temprano, cuando una huésped se había puesto enferma en su habitación del hotel, y él se había apresurado a intentar ponerla cómoda y llamar a una ambulancia, pero ella se había resistido a todos los intentos de meterla en ella. Sólo Henry, hablándole con suavidad y persuasión, había conseguido que aceptara la ayuda del personal de la ambulancia y acudiera al hospital para que la examinaran. A continuación, una recepcionista se las había arreglado para reservar una habitación doble y ambas parejas aparecieron con pocos minutos de diferencia. Lo peor de todo fue un borracho que estaba montando un terrible jaleo en el restaurante y tuvo que ser expulsado, a la fuerza al final y sobrio con café negro, aunque, para entonces, otro huésped había llamado a la policía por iniciativa propia, y tuvieron que ser atendidos. Algunos otros incidentes menores se sumaron al caos.

—Luego, para colmo, el Escarabajo se averió de camino a casa y tuve que llamar a la AA.

—¿Se ocupan de los carruajes victorianos sin caballos?

—Muy graciosa. Afortunadamente, sólo era un plomo en el carburador, y pronto lo arreglaron.

—¿No te gustaría dejar el escarabajo y comprar un coche?

—No.

Joanne le apretó el brazo y le dijo que no lo decía en serio. Era sólo una bromita y había que tener algo de lo que reírse para no acabar llorando.

Por un momento sintió ganas de llorar, pero se resistió y el momento pasó pronto.

—¿Qué tal tú? —preguntó él, con aire afectuoso —. ¿Qué tal el día?

—Oh, de arriba abajo —le dijo ella con indiferencia—. He recogido todos los trastos que habíamos amontonado en la habitación de invitados cuando llegamos y he encontrado un hogar adecuado para la mayoría de ellos. El resto lo llevaremos al vertedero. Luego fui a ver a Holly y volví a casa.

—¿Y cómo está Holly?

Joanne permaneció un momento con la mirada perdida, miró a Henry y luego miró al vacío. Hubo un silencio incómodo y después Henry repitió su pregunta.

—Oh, bueno, ya conoces a Holly. Muchas lágrimas y disgustos. Ha estado teniendo pesadillas y cosas y quería animarse.

—¿Pesadillas? ¿De qué?

—Nada, sólo está nerviosa, como siempre. Nada de qué preocuparse.

—Pobre Holly.

—Estará bien. Tiene un nuevo novio, un joven agradable. Lo conocí brevemente.

—Bien por ella. Justo lo que necesita.

—Sí Henry —reflexionó Joanne—. Justo lo que pensaba.

Joanne estaba sumida en sus pensamientos.

Terminó su *whisky* y de repente se dio cuenta de que no había comido nada desde el almuerzo. Bueno, quizá se tomara un yogur antes de irse a la cama, era un poco tarde para otra cosa. Le habría gustado contárselo todo a Henry, pero no podía, ni ahora ni quizá nunca. Le había prometido a Holly que sería su secreto, sólo de ellos dos. Para siempre. Y cuanta menos gente lo supiera, incluso seres queridos de confianza, mejor. De eso no había duda. Joanne no decía nada. Le preguntó a Henry si quería otro *whisky*. Él quería, así que ella fue y sirvió dos más pequeños.

—He estado pensando en el color de la pared del comedor —comentó despreocupada—. Ven a echar un vistazo.

Henry la siguió al comedor y se quedaron mirando la pared del fondo.

—Es un poco grisácea —sugirió ella—. Creo que un blanco cáscara de huevo sería mucho mejor.

—¿De verdad lo crees?

—Bueno —continuó, girando la cabeza a un lado y a otro—, es difícil de imaginar con esta luz. Echaremos otro vistazo por la mañana.

Querido lector,

Esperamos que hayas disfrutado leyendo *El Comediante*. Tómese un momento para dejar una reseña, incluso si es breve. Tu opinión es importante para nosotros.

Atentamente,

Derek Ansell y el equipo de Next Chapter

ACERCA DEL AUTOR

 Nacido en el norte de Londres, Derek Ansell se educó en la localidad y asistió a la Escuela de Arte St. Martin en Charing Cross Road, en el centro de Londres. Trabajó como artista comercial durante unos años antes de dedicarse a las ventas en Londres, antes de trasladarse a Preston, Lancashire, donde pasó seis años. Volvió a trasladarse al sur, a Newbury (Berkshire), donde reside en la actualidad. Aunque pasó muchos años como representante de ventas y supervisor de zona para un fabricante internacional de equipos de oficina, empezó a escribir relativamente tarde y publicó su primera novela, Los asesinatos de Whitechapel, en 1999.

El Comediante
ISBN: 978-4-82417-952-4
Edición de Letra Grande en Tapa dura

Publicado por
Next Chapter
2-5-6 SANNO
SANNO BRIDGE
143-0023 Ota-Ku, Tokyo
+818035793528

11 mayo 2023